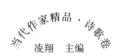

当代作家精品·诗歌卷

凌翔　主编

采撷浪花

白杨　著

北京出版集团
北京出版社

图书在版编目（CIP）数据

采撷浪花 / 白杨著 . — 北京 ：北京出版社，
2023. 1
（当代作家精品 / 凌翔主编 . 诗歌卷）
ISBN 978-7-200-17624-7

Ⅰ . ①采… Ⅱ . ①白… Ⅲ . ①诗集—中国—当代
Ⅳ . ① I227

中国版本图书馆 CIP 数据核字（2022）第 240046 号

当代作家精品·诗歌卷

采撷浪花
CAIXIE LANGHUA
白杨　著
凌翔　主编

出　　版　北京出版集团
　　　　　北京出版社
地　　址　北京北三环中路 6 号
邮　　编　100120
网　　址　www.bph.com.cn
发　　行　北京出版集团
印　　刷　三河市中晟雅豪印务有限公司
经　　销　新华书店
开　　本　710 毫米 ×1000 毫米　1/16
印　　张　18
字　　数　70 千字
版　　次　2023 年 1 月第 1 版
印　　次　2023 年 1 月第 1 次印刷
书　　号　ISBN 978-7-200-17624-7
定　　价　88.00 元

如有印装质量问题，由本社负责调换
质量监督电话　010-58572393

序

　　白杨先生的诗集《采撷浪花》即将出版，嘱我写一序言。我翻阅了他的创作经历，真是吓了一跳，他从最初写诗开始，迄今已经创作有二千多首诗，其中八百五十首已经正式发表。出版的诗作，有三本。如此热爱诗歌，又如此潜心于诗歌创作的老人，真是让我感动。

　　白杨先生是上海作协会员，二十世纪五十年代生人。这一代人经历坎坷，人生与共和国的成长几乎同步，较之前辈和后辈都有所不同，真正是共和国的同龄人。在他们的人生经历中，个人的成长常常与国家、社会的记忆密切交融在一起，不像此前的民国人物有悠长的历史记忆，也不像改革开放后八十年代的新一辈，有经济起飞的富裕感。他们这一代人身上的吃苦耐劳与勤勤恳恳、不屈不挠的事业精神，是今天很多年轻一辈身上所难以见到的。就像白杨的诗歌创作所体现的精神气质，那种持久的韧劲和执着，像绵绵不尽的长江流水，不事张扬，默默地滔滔东去。在一般人看来，大江大河的诗意是在高山峡谷中的咆哮和欢腾，殊不知在江静如阔的平和安逸之中，也有着江河浓浓的诗意。只是这种诗意需要以一种平常心来体验和回味，需要耐心咀嚼。陈年的老酒是越久越香，而生活酝酿的诗歌也是需要耐下心去细细品读的。白杨对于诗歌创作的执着，成就了他的成果，他已经先后出版了三部诗集，而这第四部诗集收录了他近年创作的一百多首诗作。

这些诗作分十辑，内容非常丰富。以"怀念"为主题，抒写父爱的一组诗作放在第一辑，显示了白杨的特别用意。他在自己的说明中也特别强调，父母之恩始终是萦绕于他内心的一股力量和情感体验。他的《父亲》《路灯下》《背影，我的风景》等诗作，不仅是吟唱博大平凡的父爱，也是一种情感力量的寄托——那些能够列入父亲一样形象系列的物象，都像历史刻下的痕迹，深深印在他的心里，永远不会忘却。除了"父亲"的主题之外，"秋"的主题也是白杨先生特别留意的，好像是人生晚来秋的时间感触触动了他的神经，在一年四季中，他要特别以"秋"来概括一下人生的感触。这一辑十九首诗作中，晚秋对诗人的触动特别多，除了晚秋的风、秋叶的色彩以及景色的别致之外，晚秋的意蕴也缭绕于诗人的笔下，挥之不去。这晚秋当然是白杨自己近况的写照，虽是晚秋，但并不灰暗寥落，有着夕阳红的灿烂和哲理提升。最后要说一下白杨笔下的江南，他以江南为主题，列为一辑，收录了十五首作品。或许江南是他生长的地方，对于江南的抒写寄托着他最丰富的情感。他写江南之情，以春雨来形容，以春景来描绘，以春之声来象征，以江南水韵来浅吟低唱，真正是唱不尽一个江南水边过来人满满的情愫。

快到 2021 年年末了，11 月的江南已是秋意正浓，但绿色并没有从我们身边褪去。望着窗外的绿意，我想到了白杨和他的诗歌。随着年岁的不断增添，或许在一般人看来，他应该进入人生的金秋时节了吧。但通过他的诗歌，我感到他还是青春依旧，诗情饱满。我衷心希望白杨先生不断有新作贡献给广大读者，也向广大诗歌爱好者推荐这一部诗集。

是为序。

杨　扬

2021 年 11 月于沪上寓所

注：杨扬系上海戏剧学院副院长、中国茅盾研究会会长、上海作家协会副主席、著名文学评论家。

自 序

　　这是我的第四本诗集。

　　为什么取名《采撷浪花》，因为第一本是《白杨诗选》，第二本是《涧水微澜》，第三本是《时光之河》。本来想取名《采撷》，前三本都是四个字，故用四个字取名。

　　采撷，有采摘、选取的意思。在平凡的生活中，我们每时每刻都在采撷生活之美、生活之灵韵、生活之诗意。当然平凡之路，平凡的生活，需要一份平和的心态去发现美、展示美。

　　诗集《采撷浪花》分为"怀念""台风""浪花朵朵""秋思""月光曲""雪花""江南水韵""遐想""花草物语""山水之恋"共十辑。

　　"怀念"是写对父母的思念和童年、青春的记忆。父母之恩，昊天罔极，哪怕你早已步入老年的行列，也早已做了父母，但每每忆起父母，都是心疼。因为相对父母，我们尽的孝敬，实在太少太少。童年、青春是永远的话题，永远值得回忆。"台风"是夏季风情的小插曲。"浪花朵朵"不言而喻。采撷生活中美好、美丽、灵动的浪花，是生活应有之义，会使生活变得丰富多彩。"秋思"是写秋季的感触。秋季是特别有意思的季节。我特别喜爱秋季，写秋天的诗也比较多。因为前辈多有悲秋的诗词歌赋，而我把爱恋、思念之苦，写成快乐之源泉。正因为有了爱恋的相思，生活才会变得有活力，心态变得洒脱年轻。"月光曲"是写月下的诗意。月下独舞，月下无限，梦里梦外，月光泻地，了无痕，是不是饱含诗情画意？"雪花"是写江南的冬季。江南的雪，相当珍贵。有时在上海，雪花是一种奢侈。"江南水韵"是写江南风情。江南的雨、江南的雪，不生活在江南，体会不到江南特有的风情。"遐想"是写节气之日的感怀。二十四节气，是我们中华民族传统文化特有的精华。有时在节气之日，吟哦、感怀一番，也很有意思，也能增添生活乐趣。"花草物语"是写花草之美。花花草草，是大自然给我们美好生活的点缀。我们每一个人都得有敬畏的心、感怀的心，感怀花草之美。"山水之恋"是写祖国的山山水水。我的足迹每到一个地方，都会震撼于山水之密语，缤纷万千，绚丽，绚烂。

《采撷浪花》是我对生活的感悟，也是对丰富多彩的生活的汲取。虽依然不成熟，但终究是我所爱。就像十月怀胎，其艰辛、其喜悦，不为外人道，唯有自知。

2021 年 10 月 10 日　于沪上

目　录

第一辑　怀念

第二辑　台风

第四辑 秋思

第五辑 月光曲

第六辑　雪花

第七辑　江南水韵

第十辑　山水之恋

第一辑　怀念

父　亲

浩瀚无垠的大海
就像爸爸的胸怀
大爱无疆，涛涛涌涌
不逞英雄，不追名逐利
用一言一行的真挚
向世人宣告
诚信于天下

平静温柔的海水
就像爸爸慈祥的爱
默默地付出
实现着父爱如山的承诺
责任不是用来喊口号
绵绵细雨般滋润着花朵
在阳光下开启灿烂人生

父亲——
是山一样峻峭雄伟
无言并不无情
深沉厚重的人格
是中华民族的脊梁

一代一代传承着优秀

我们悠悠五千年的璀璨

父亲——

弯腰拉着满满沉重的车

装着五千年来的精华

责任和大爱

哪怕累死在路上

也不能留给子孙后代

半句口实

泉水、井及其他
——献给母亲

常常梦回故里

山谷的泉水

无论我身处何地

富有抑或贫穷

只要喝一口家乡的泉水

灾难　烦恼统统遁迹

家乡的泉水

清冽甘甜

她用血和生命

滋养着山里的孩子

就像妈妈的乳汁

甘甜浓厚

也是用血和生命

哺育她的儿女

常常梦回故里

庭院里的老井

无论春夏秋冬

酷暑严寒

喝一口

家乡的井水

悲哀和忧郁

即刻消亡

庭院里的井水

清凉甘甜

她用温馨亲情

抚慰着我躁动不安的心灵

就像妈妈熬的粥

淡而香甜

她用温软和柔情

抚慰着我躁动不安的心灵

泉水　井水

平淡清洌甘甜

博大的胸怀

滋养着一方生命

妈妈的乳汁

妈妈熬的粥

平淡清洌甘甜

博大的胸怀

哺育着儿女

放　飞

蓝蓝的天放下

一根长长的丝线

梦想在幼小的心灵结茧

制作成心仪的纸鸢

翱翔

我不承想

一只纸鸢

背负着如此沉重的负担

时光和玩耍打赌

未泯灭的天真

悄悄地躲在一旁

像个成熟的大人

站在台上

演讲

蓝蓝的天　够大

足够容纳孩子的梦想

就像每一颗星星

闪动着天真和好奇

这一刻

我又回到了
童年的隧道

放飞——梦想
放飞——快乐的童年

似水又似剑
——致诗人曹小航

白天黑夜的绞痛

没有停止——

诗人柔情的脚步

白昼

如烟繁杂的卷宗里

双肩担着责任

追求着公正公平的正义

维护法的尊严

夜空

星星眨着思索的眼睛

用母亲般的慈爱

似水的温柔

承担起拯救灵魂的使命

一字一句呕着心血

书写着高洁的圣经

水的宽广和慈祥

溶化了罪恶和暴戾

用一颗母爱的心

轻轻地抚摸误入歧途的羔羊

让爱回归人性

是谁　如此痛苦

又如此快乐

诗人的纠结

就是我们的曹小航

一手举着利剑

斩杀恶魔

一手拿着善良

拯救灵魂

红　烛

天阶遥远

闪烁着如豆的灯光

又是一个不眠之夜

老师如父如母

呕心沥血似山之雄厚

严厉却糅入丝丝爱意

精心培育似水之柔情

温馨却融化蚩蚩顽劣

像红烛燃烧

燃烧着血和青春

一生的期盼

桃李满天下

不奢求回报

尽管他人戴着隐形眼镜

看世界

在你眼里满满的爱

倾注了呵护和慈爱

顽皮和内敛

都是苗红根正

没有一个不可以育化

老师——

天上的街灯　亮了

我坐在河边　仰望

在今晚　心不再遥远

犹如这家乡的河水

清澈　平静　细细地诉说

往事

感恩有你——

如父如母的老师

路灯下

是否记得

当初　路灯下

昏黄的灯光

展开灿烂的微笑

咱俩是

左手年少轻狂

右手诗意飞扬

是否回忆

昨日　路灯下

璀璨的灯光

露出迷蒙的泪花

你和我

左手岁月沧桑

右手痴心不改

是否眺望

今夜　路灯下

缤纷的灯光

嫣红了笑靥

你牵着我的手

我扶着你的腰

一同吟诵

夕阳西下的浪漫

背影，我的风景

一袭红裙

在霓虹的映照下

行注目礼

骑着自行车

一条长长的马尾辫

在五光十色的大街

穿越　跳跃

火红的青春　火红的背影

我的遐思　我的风景

一袭白白的长裙

蓝色的海岸

窈窕　颀长

雕塑般的凝思

面朝大海的背影

风云变幻的时光

我的风景

思念的情愫

随风而去

一袭小碎花长裙

西子湖畔　落日缓缓

夕阳绚烂　湖水拍打堤岸

漫步　款款　优雅

山水写意风流

一幅南屏晚钟的背影

我的风景

镶嵌在心底

藏在稻草堆里的梦

秋天正是梦幻的季节

秋色苍茫　血色染红了原野

犹如偾张的青春年少

涌动着爱恋的忆念

土地　略显疲惫

袒露着赤褐色的胸膛

皲裂的皮肤

犹如风华绝代的母亲

儿女吮吸着

甘甜的乳汁

哺育着孩子的成长

慈祥的脸庞

洋溢着幸福满足的笑容

谷场　弹起欢乐的琴弦

好似维也纳的金色大厅

演奏着豪华的盛典

把身子埋在草堆里

享受着一缕缕柔和的秋阳

闭着眼　做梦

夜凉似水

飕飕的风　扑打着脸庞

犹如醍醐灌顶

抖擞着精神　前往诗和远方

谢幕后　乡间的小路　光影绰绰

天际的晚霞　璀璨如火

袅袅的炊烟　升腾起静谧的温馨

秋季　变幻多姿

藏在稻草堆里的梦

绚烂纷呈　数着家乡的星星

梦中闪现着妈妈的微笑

匆匆那年，何其又匆匆

匆匆那年　芳草碧连天

手挽手　行吟远游

春山　无限翠绿

盎然的青春

一曲红尘　倾心相听

望万水千山　烟波粼粼

远眺　唯见天际一点红帆

写就着天涯下

绿莹莹的氤氲诗篇

风拂过柳絮乱飞

乱了愁肠　岁月流淌

匆匆的时华　划过

留下的是刻骨铭心

何其又匆匆

匆匆那年　芳草碧连天

飞马奔腾在大草原

仿佛到了天的尽头

蓝色的天　很纯净

没有一丝杂质

热血沸腾的年少时华

在低垂的天幕下

伸手摘下白云

把它捧在手心

珍藏

和它一起呼吸　静静地听

它的心跳

匆匆的青春情愫

高兴快乐　忘了归路

佳梦依依　斜阳脉脉

流星从天际滑入

莺啼数声　燕子双双对对

几时回——

何其又匆匆

回到过去，遇见童年的我

童年的梦　依然唏嘘

五十年代的我们

与共和国一同成长

打着补丁的百衲衣

走进风雪穿过荒漠

兴高采烈背着书包进学堂

比起父辈——

没有战乱没有屈辱

沐浴在党的阳光下

茁壮成长

可怜的童年梦

单色调的画板

涂抹着上树捉知了

下河摸鱼

整日与泥土玩耍

我们是黄土地的儿女

童年　童谣

红色的歌

沸腾在广阔的田野

一颗红心两手准备

听党话跟党走

不知不觉走过了

贫穷而又快乐的童年

庆幸有这段丰富的时光

我的童年

落　叶

卷起落叶

阳光下的凄凉

抬头望去

郁郁葱葱的梧桐树

漾开着青春的笑容

我捡拾起落叶

捧在手心

抚摸着皲裂的皮肤

和尚有余温的经络

眼睛闪着泪花

梦中的父亲

略微有点驼的背影

时间让人难忘

慢慢变老

我也老了——

老得更像父亲

酒杯里的辛酸

不愿意与人分担

生活的责任

一颗一颗的花生米

就着一口口的白酒

铸造着山一般的胸膛

看见落叶

想起了父亲的背影

有点烦的"爱"

在妈妈眼里

长不大的我

唠叨　开始着清晨的序曲

眼中充满着慈爱

受不了　我的懒

沐浴在妈妈的温馨怀抱

爱上你的"烦"

听不见了整天的唠叨

失落的叶片

随风而去

根　丢失在远方

不觉中　我的孩子

害怕了我的"烦"

接力棒　传承着

唠叨

年复一年　时光未老

妈妈却老了

背略略地驼

不再挺直　花白的头

眼眸中的一汪清水

依然充满着爱

听妈妈含混不清的唠叨

是世上最美妙的音乐

父亲的记忆

父亲的记忆
模糊——他离开我们
我刚进中学

二十世纪一零年代出生
爷爷奶奶拖儿带女
逃荒逃难　那时的上海
苦难的四万万同胞的缩影

东西南北中的滚地龙
难民　灾民　乡民　聚集在一起
都是苦难人

父亲这辈子　很苦
辛亥革命刚胜利
经历中华民族最黑暗的时光
战乱　饥饿　疾病　天灾人祸
铁蹄下的屈辱　列强的掠夺
军阀的混战　十四年抗日战争
四年解放战争
迎来了中国的第一缕阳光

父亲读过私塾

那时也称得上有点文化

体弱的他　没赶上好时代

一手漂亮的宋体字

码头上的大包

压得无法喘气

忘却了抒发胸臆

落魄的穷酸

沉默寡言

郁郁不得志

父母亲成婚早

子女多　负担重

父亲多病　母亲便是家中顶梁柱

从小做童工　苦命

早早扛起养家糊口的责任

天安门城楼的红旗

漫卷西风

解放了　中国人民站起来了

五十年代　搬进了工人新村

父亲哼的小曲

和我二姐的歌声

赢得不少粉丝

生活的旋律

离不开国家的兴衰起伏

一穷二白　百废待兴

共和国艰难困苦

刚刚有了起色

迷茫的十年

物资匮乏　娱乐活动单调

唯一的笑容

父亲和我叔叔相见

酒不多话却长

我记忆中的父亲

有文化人的基因

穷酸　还有那么点

清高

贺姚海洪老师加入中国作家协会

一抹斜阳　血红血红

挂在天边　染红了

山峰　田野　浦江

你——

才华横溢

如岩浆喷发

涛涛涌涌向着远方

高歌　激昂着一腔热血

才华横溢

如夜莺歌唱

婉转啼燕语

柔情万丈又豪气干云

三年四年

人生的旅程

短短的时光

而你——

却用这短短的时光

以笔为舞台

书写着夕阳下的辉煌

试问

天下能有几人

在这短短的时光内

写出几千万的小说

我真的很想

知道你

能量有多少

我真的很想

明天看到

鸿篇巨制

第二辑　台风

台风，安比

台风，安比
像顽劣的孩童
用黑色的幽默
在酷暑的时分
卷起狂风巨浪
操弄着云和水
扑入上海滩

有人欣喜若狂
追风且歌吟
像一位侠士
绝尘而去
有人惊吓莫名
躲在屋内
吹吹空调
孵化着娇嫩的花朵

你看　天边的云
煞是嫣红
漫天飞舞着矜持和骄傲

只有当力量凝集成风暴

你——

无愧时代的重托

躺在水中的东坡有感

在酒乡　文豪也抵不住
美酒的诱惑　醉了醉了
醉倒在水中　任风吹雨打
漂泊在故乡的亲情里
爱恋了一场　相思了一场
十年生死两茫茫　皆难忘

水至柔　水至情
被柔情包裹
巴山夜雨的思念
书房里的五粮液
蜀门的小酌
师生把酒言谈
自己灌醉自己
潇洒走一回
醉与不醉
不失文豪的真性情

台风来了，别出门

站在阳台上，听风看雨

摩羯——

就像失去理智的疯子

嘶吼着一路抛下狂傲

追赶——

曾经花前月下的缱绻

欲挽回失去的恋情

有时人要发发疯

在狂风骤雨中

洗涤心灵

我不去管

别出门的信条

骑上电瓶车

冲进雨幕

把整个夏天的喧嚣

淋透

台风，利奇马

就像一头发怒的狮子

掀起滔天巨浪

仿佛吞噬着生灵

撕咬着仇人的身体

台风，利奇马

我不知道，你的仇恨来自哪里

我愿意为你

佛前点燃三炷香

祈愿——消除孽障

还天美丽的容颜

还海平静的温柔

穿过风眼

抚摸着你的胸腔

我知道了

你的血海深仇

你的天大的冤情

我只是劝你

仇恨替代不了生活
阴影下的魔鬼
痛苦了自己
也痛苦了朋友和亲情

放下吧——仇恨
别再毁灭自己的美好
听一听
南屏晚钟的相思

第三辑　浪花朵朵

百灵鸟

泱泱古国　灿灿华夏

父慈子孝　兄友弟恭

仁义礼智信　光耀千古

深入中华儿女的骨髓

就像百灵鸟吟唱

春天的姹紫嫣红

一个民族的脊梁

瞧一瞧　残疾人的幸福指数

关怀慈悲照顾

阳光般的微笑

父母式的温馨

随他们的脉动

一同喜怒哀乐

在九州大地的每一角落

蓝天下的慈善

如荼地燃烧

他们如同父母兄弟

血浓于水的亲情

给予每一个残疾人

像百灵鸟讴歌春天

播撒幸福的种子

在华夏大地耕云播雨

辛勤并欢愉着你我他

云 雀

湛蓝色的天空

团团的白云

吐出一串一串爱恋的音符

翻卷着幸福的模样

脸上的红晕

无比娇羞

云雀穿过厚厚的云层

鸣唱着爱的相思

春天来了

大地铺陈着鲜花

绵绵亘亘的不夜城

筵席上的玉箫

刺破夜的静谧

我只想拉着你的手

躲在一旁

轻轻地倚靠在你的肩上

嗅闻着暗香浮动

锦瑟年华的浅吟低唱

金色的羽毛

抖擞着满天的星星

呢喃了少女的梦幻

荷花吟

一

粲然的盈盈一笑
恍若隔世

月光下——
一袭白白的长裙
飘逸　氤氲的叹息
深潭似的双眸
泛着潋滟
定格在永恒的记忆里
弹奏着前生前世的情缘
诉不尽——
离别后的思念

浮尘三千
独独爱你的圣洁
年华的晶石
被灵魂穿越
捧一钵银色的月光
冰莹了发黄的泪花

散乱了痴情

漫舞在孤独的长夜

二

仿佛来自天外

没有一丝脂粉的谄媚

飘着仙气

抱守着爱的圣洁

甘愿忍受——

烈焰的炙烤

暴风雨的摧残

一亩池塘内

只为伊人灿灿而笑

还记得那个梦吗

前世的许愿

不羡慕桃花的妖艳

也不追逐柳枝的曼妙

我牵着你柔软的小手

在月下　为你操琴一曲

金凤玉露相逢

便是人间盛宴

小蜜蜂

阳光烂漫

烂漫地真想

邂逅一场美艳

穿行在花丛中

不知今日　又何以来日

一路向西　携带着时髦

旅行　西子湖畔

烟雨蒙蒙　断桥边

一袭长裙的白素贞

雨伞下的偶遇

惊天动地的凄美

华灯初上　秦淮河上

桨声里的柳如是

琵琶轻柔慢吟

纵横经纬立论家国情怀

洛水河边　拽地的裙裾

逶迤而来　风情万种

娇羞中泛着幽兰气息

令人神往　远远地观望

不敢也不能亵渎

阳光轻漫　我如是

小蜜蜂　狂放不羁

痴迷着时光荏苒

轻轻地揉捏花语

诵读青山娇宠

我何以赴约

八月桂花香

八月未央的秋天

蓝天下逸荡着

浓郁的桂花香

山脚下溪水边

沸腾着年轻的心

男孩摘一枝洁白的桂花

借皎皎的月色

吟唱爱慕的诗章

女孩娉婷而立

羞涩矜持的脸庞

晕昏了月亮

八月桂花香

每个人心中都藏着

清纯往事

如桂花　淡淡纯纯

八月的秋

浓烈而又悱恻缠绵

田野遍地金黄

收获着张狂不羁

——相思

秋风助势　相恋

烘托得如火如荼

山谷溢流着桂花的馨香

宁静地轻轻地捕获

秋寒玉浓露珠圆润

雨水霏霏宝钏串串

——之心

紫 藤

灿如霓虹
一串串挂在枝干上
在春光明媚的日子里
写诗绘画
描摹生命之华章

艳如烟花
一株株缀在树上
在细雨蒙蒙的季节里
吟诵放歌
咏叹青春之粲然

没有渴慕桃花妖娆
依附在镁光灯下
一颦一笑谄媚权贵
云端里头像
贴满了大街小巷

攀缘　在清澈的风中
薄雾散尽

刹那间的迸发

把天空燃烧得缤纷灿烂

芳华岁月　做一回自己

一片叶子也没哭过

西北风疯狂地肆虐

掀起了灰色恐怖

满眼望去　树叶

在风中起起伏伏

风呼呼地奔突

阳光带着无奈的温馨

轻轻地抚摸着每一片树叶

梧桐树叶——

在生命老去的时分

带着依依不舍的眼神

凝聚着脉脉深情

远远地望着一抹斜晖

和缓缓的落日

枯黄的一片片叶子

神色庄严　毅然决然

离开　落下　飘逸

不是没有伤感

也不是没有眼泪

自古逢秋悲寂寥

哭吧哭吧

永远替代不了心底的痛

生命的往事

年少轻狂的风流

欢歌笑语　青山依旧

有梦的人　不在乎年龄

站在夕阳下

把自己梳妆一下

意气风发地吹一曲

红尘中的爱恋

酒

无色性烈
生在百姓家
长着一身胆
我欲之恋
怅寥廓

举杯　饮尽天下风雪
何惧一醉　愿知心朋友
拟把蓝天白云揽进怀中
策马啸西风
对酒当歌筝箫剑光
豪气透云响

一杯复一杯
学着酒仙诗仙模样
仗剑天涯
散尽财帛为知音漫漫
图一乐图一醉
岂是升斗小民心态

梦里梦外　不做酒徒

酒醒时分澎湃着

高山流水　海浪滔滔

疏狂着风骨放荡不羁

举杯　不醉不回还

早 樱

彼岸的思念
开满山冈　田野
在烟雨弥漫的日子
倚着栏杆
听风吟　春之恋歌

薄薄的阳光
洒在身上
温暖得有点醉了

绽开艳艳的笑靥
舞一曲
海岛风情的离殇
风鼓动着轻狂
穿越雪域高山的旅行
羁旅中的困顿和归思
回头凝望着绣楼

我在海岸边　眺望
北国的风
依然冷

春在涌动

心底藏着爱的魔力

落叶缤纷

满地铺着真挚的情愫

在那里等你

相思树下瀑布的语言

观樱花偶感

艳丽的孩童式笑容

在乍暖还寒的时光里

赴一场花事

早在三生三世就约定

抬着花轿

穿上玫瑰色的嫁衣

从海上来

阳光下——

脉脉含羞的双眸

无语恨东风

今生无缘与你

成双成对

纷飞着相思的泪

落红满地

醉卧无边风月

不枉相恋时分

牵挂的梦魂

不后悔当初的牵手

相遇时分的悸动

在花下

舞蹈着旖旎的誓言

萦绕于胸

相随相伴去天涯

竹之写意

——谨以此诗献给诗友雨竹

昨夜一场春雨

酣畅淋漓地浇灌

洗涤着忧郁和阴霾

希望的萌芽

清新而俊秀

春雨浸润后的青翠

亭亭玉立的婉莹

一缕阳光

照亮着栀子花

流盼着生命的顽强

摇曳着笑靥

绿叶扶苏直指天空

沉浸在烟雨烟风的柔情

甘于清贫而不炫耀

一枝枝的青竹

不肯老去不愿斑驳

下午　枯坐在山谷

斜阳脉脉花影绰绰

茂林修竹　飒飒作响

满地锦瑟的年华

聆听林间的蝉鸣

近看涧水潺潺

静谧　唯有流水声

美艳在手中绽开

背影　静谧的竹林

阳光的罅隙

一路向西

静寂的风铃

风停止了浮躁华丽的吟唱

躲在云的背后

深锁着目光　沉思

轻轻翻开历史的卷帙

征途中一幅幅的血腥画册

当然也有轻歌曼舞

夏日的暴雨　不期而遇

轻佻的舞女　狼狈地拖着长裙

逃窜　雨点　就像喝倒彩的掌声

热烈而又整齐

我不知道　风铃的沉默

代表着凝重的悲哀

人类总要反思过去

镜子里　我不免失落

鬓发须白　一年光景又溜走了

风不再是风流倜傥的奶油小生

某一日下午　阳光下　回忆

自觉不自觉　唱着当年的情歌
声情并茂　为自己而陶醉

冀望着　追寻你的脚步
大漠深处　狼烟四起的图腾

午后的提拉米苏

战争　似魔鬼的手
把爱情撕裂成碎片

留着你的吻　回味着爱的齿香
奔赴战场　罪恶的子弹
穿过胸膛　微笑着望着蓝天
这一生无时无刻不在
萦绕着
吻的深情和玉手的温柔
上帝　请接受提拉米苏
爱的甜蜜

午后　一缕温柔的阳光
洒在年轻的脸庞
依偎在可人的怀中
喝一口浓浓的咖啡
享受着平静的时光
咬一口提拉米苏
放在嘴中　咀嚼
软软的温馨和爱意
蔓延在心底
无论东方还是西方
世界需要爱情

葡　萄

攀缘　向着远方　高山

远方有家　有故乡　更有诗情

只要给我一株藤架

还你将是累累的硕果

阳光温柔地注视

紫藤蔓蔓　串串的水晶钻石

敞开年轻汹涌澎湃的胸怀

把爱写在蓝天白云下

就像初长成的邻家女孩

为爱　无怨无悔

哪怕前面是万丈深渊

希望在云深处　在峭壁

峭壁的岩缝　开着红红的雪梅

绣着美丽的荷包

在葡萄架下

品茗着爱恋的纯真

夏日的炙热　煎熬

心底闪闪着点点星空

向着远方的希冀

攀缘　希望这小小的空间

宁静　干净　不要争名夺利

也没有炫耀美艳　喋喋不休

给我一株藤架

回赠你姹紫嫣红的钻石般爱意

藤　椅

藤椅　曾经的荣耀

身份　地位　尊严

在夏日　纳凉的晚上

自家的庭院

老爷躺在藤椅上

三五成群的妻妾

川流不息的丫鬟

莺莺燕燕地争奇斗艳

听风讲故事

藤椅　曾经千宠万爱

早就风光不再

千树万树梨花开

八十年　夏日的晚上

大街的风景

一把藤椅　昏黄的灯下

一壶茶　一柄蒲扇

风不请自来

娓娓动听地说着弄堂里的风流逸事

如今　没有了纳凉

气温嗖嗖向上飙

37 度见怪不怪

大街小巷没有了老少爷们的放肆

躲在空调房　看看电视

微信群里卖卖萌

可怜了　藤椅

几时再抖擞

来一句京韵京白

大花脸

夏日映象

一　蝉

知了　爬到窗前

一株梧桐树　冠盖阴凉

高亢激昂的咏叹调

市人的注目礼

在这烈日炎炎的炙烤中

带来了一丝丝安慰

不知说教了多少年

阳春白雪的傲慢

又有多少风流雅士

听得懂你的心曲

二　荷

静静的一池水

风波不兴　风也过　雨也过

独独地自己妍开

不为你　只为自己

红红的嫩嫩的菡萏

月光下　烈日下

姣丽的面容　谁能告诉我

弹一曲　离殇挽歌

夏日的炙烤　心灵的致敬

灵魂需要安静

就像荷花　静静地没有一丝闹腾

三　晚风

夏日的晚风　有意思

撩人的手段　层出不穷

心静如水的修行者

何处惹尘埃

被海风　被江风　黏上了

晕晕乎乎　忘了回家的路

夏日的晚风

总是多情的　也是俏皮的

年轻张狂　年老收敛

爱笑爱美的天性

在碧波荡漾的湖畔

月光缓缓地走进

抑扬顿挫的琴音里

第四辑　秋思

秋月春风等闲度

秋月清淡有一点冷漠
无人知晓夜景如此悲凉
近在咫尺，却无缘相见
那种刻骨的相思
在秋风萧瑟的夜空中
格外恓惶

我在寂寥的星空下
仰望星星
回忆经年往事
春风化雨
杨柳青青江水平
桃红李白花参差
我携着你手
漫步在皎皎月光下的苏州河边
甜蜜的秘密

回忆的沙漏
点点滴滴在心头
幸福如影随形
重复无数次

快乐翻番

记忆的黑幕

不时被抖搂出来

凄冷和温馨的反差

倍感哀婉

叹凤嗟身否

秋月春风等闲度

夜色如水微凉

走在无人的苏州河边

静静聆听河水的鸣泣之时

风轻轻

我欲写几句诗行

投入河中，随波逐流

秋浓艳地登场了

我在这无人问津的夜晚

痴痴地翘首以盼

何时再相见

听听你如莺的歌喉

黄昏的思念

落日余晖　像血红色的丝巾

耀眼　在风中飘逸

紧紧攫取着眼中的期盼

黄昏　百无聊赖的时光

拉长了凄苦的影子

黑暗一点一点掠夺着思念

扼杀　自由的呼吸

海天一线的静止

就像一尊雕塑

一动不动

凝结着孽怨

失望的潮水　漫过堤坝

我欲驾长风

凌波踏浪　旋转着曼妙舞步

在夕阳下　柳枝蔓蔓

吟哦　为你披上五彩的丝巾

满天飞舞　为黄昏作别

秋去秋又来

乡村的山峰

枫叶被染成通红

像待嫁的女孩

羞涩中掺杂些许焦急

秋来了　一朝分娩的喜悦

丰收的鼓声

在闷热中骚动

乡村的田野

稻谷被涂抹成金色

沉沉的稻穗

像怀胎十月的孕妇

期盼中掺杂了少许忧郁

秋来了　痛并快乐着

欢乐的酒

彻夜畅饮

秋来了　乘着暑热的风

早早起床　拽着西去的夕阳

去新疆饱饱吃一顿

羊肉大餐

葡萄和红酒

看漫天飞舞的枫叶

慢慢品尝峡谷的氤氲

宁静的心灵约会

秋　味

枫叶染红了

心底的那一份挚爱

从书中拿出

做标本的陈年往事

潸然泪下

阳光依然炙热

干燥的空气里

弥漫着盈盈的浅笑

风　　就像你似水的双眸

荡漾起温柔缱绻的身影

梧桐树叶一片一片

落寂地离别

恍然失去了亲人般痛苦

做一名游子

随风而去

当初的山盟海誓

已是明日黄花

秋味

悲喜两重天

步履蹒跚的老人

眼神中透露着

肃杀的秋风

吹落了嫣然的风情

意气风发的少年

漫天飞舞着

红叶溢流着暗香

波光潋滟

我站在秋风里

拈一朵花瓣

遐思

站在黄昏

站在黄昏

绚丽的夕阳　绽开

温婉绰约的笑靥

走近再走近

扑入你怀中

释然了苦苦的相思

重逢的喜悦

续写着青涩的萌动

夏日的激情

烟雨蒙蒙的恋曲

在晚风习习的伴奏下

我手捧晶莹的泉水

站在黄昏中

洗涤忧愁和悲伤

任风儿慢慢地爬上

深深地唱着情歌

恣意汪洋和杜鹃花

一起跳舞

秋夜，那一点星光

秋夜　那一点星光

环抱银色的月亮

甜甜地呼吸

嗅闻桂花般的芬芳

沉醉在碧空如洗的夜幕

秋夜　凉凉的风

背靠着月色

就像依偎在恋人的怀中

腻腻地不愿离去

恍恍惚惚地睡着了

梦中——

你我骑着马

在辽阔的草原

驰骋

秋夜　如水的景色

苏州河水泛着粼光

仿佛要诉说

快乐得疯狂

拥抱着旖旎的山水

失眠也不可怕

秋夜　那一点星光
璀璨了斑斓的星空
雾渐渐地浓了
凝集成霜的露水
纯纯的如你的眼波
晶莹　清澈　明亮

一个人的秋思

我喜欢在秋夜

一个人静静地坐着遐思

任由思绪翱翔

天地宇内洪荒八极

寒霜浓重

打湿了也浑然不觉

秋色之美之瑰丽

在于圆润饱满的露珠

树叶上花瓣上凝集着

露珠——

圆而小晶莹剔透

一粒粒一串串

犹如珍珠　闪闪发亮

可爱俏丽销魂

痴迷着爱恋

无怨无悔

太阳出来了

莹莹的露珠

承受不了

生活的沉重

爱的兑换

化为气飞升

升腾于天空中

迤逦绵绵

或为水

浸润花朵绿叶

伤心的泪

一渍渍一堆堆

湿成一地

告别过去

曾经爱过恨过

为爱痴狂为爱疯癫

走吧走吧

毅然决然不用回望

芦苇的秋思

秋天

芦苇微微漾起

迤逦之思

曾经的你

妖媚娉婷地摇曳

一川烟雨

满山遍野浸透着柔情

秋风

芦苇轻轻吟唱

温柔且欣然

情深切切意柔绵绵

轻抚着浩渺的太湖

不忍离去默然远行

湖水

一波又一波亲吻着芦苇

缱绻而又粲然

芦苇

沉醉于亲昵中

迎风摇摆不能自禁

芦苇

郁郁葱葱

展示着清秀挺拔的风采

敞开着矜持的心怀

清浅时光悠悠然

听风吟诵

秋之浪漫秋之缠绵

秋之独白

江水碧玉般的身影

在晚霞映照下

如同少年的情怀

激情四溢

一波又一波击打着堤岸

挥洒青春的汗水

芦苇窈窕的倩姿

被江水挑逗得春心荡漾

如同少女的情愫

楚楚动人

曼妙地随风而舞

引来行人驻足观望

惊起了鸥鹭

在渺渺的江面吟唱

怡然潇洒　毫无知觉

寒冷慢慢地逼近

却抵挡不住烛光晚餐

浪漫的引诱

风情妩媚的夕阳

眼含秋波　凝目神思

绰约的风姿

缓缓地款款地落下

如同你我匆匆

乘坐拥挤的地铁

回家

晚霞粲然的笑容

挂在天际

风景这边独好

每个人都会

感叹

秋之茧茧　秋之喜喜

秋韵魅惑着心底的柔软

秋天的风铃

秋天的风铃　妖娆飘逸

轻轻地温柔地

婆娑着熟透的柿子

山坡上阡陌旁

双眼露出满满的喜悦

盈盈的笑靥

荡漾在蓝天白云下

秋天的风铃　风韵窈窕

绵绵的暖暖的

抚摸着百年的树干

银杏叶片随风而舞

犹如玉箫　逸飞着欢欣

丰收之曲在空中飘荡

秋天的风铃　激情澎湃

昂扬的振奋的

鼓声在广袤的大地响起

原野的红枫

激荡着青春的语言

血染的时光

浸润着战士的风采

阳光下　摇曳着高贵理想
纯真无邪的心灵
朴实无华地耕作
信念在风中升腾
身姿在风中傲立
浑厚低沉的誓言
与山谷共鸣

秋天的风铃
快乐之恋　快乐之源

秋风中的悬铃木

秋风起来的时光
远山一片苍岚
碧翠的悬铃木
饱含着坎坷和风雨
依然故我地吹着长笛
昂扬着信念
风尘仆仆去追寻下一站
描摹人生的真谛

秋风起来的时光
悬铃木的叶子
一片一片地飘落
叶之魂　随风而舞
写就夕阳西下的美艳
诗在远方
携着你的手
一同去流浪
无论在何方
彰显着妈妈的慈爱
家乡的醇香

秋风起来的时光

撑开臂膀的悬铃木

站在天涯的尽头

面朝大海带着微笑

在夕阳下　你我相拥相吻

离开的时候　了无牵挂

幸福的泪水　盈满了双眸

秋风中有朵雨做的云

秋风带着忧郁的眼神
在广袤的田野
呼啸着心底切切的盼望
盼望着归来的身影

田埂　河湾　山峰
一朵朵野菊花
顶着寒风和凌霜
寂寞地开着
无人喝彩　自我陶醉

天空中飘来了一朵云
其实　是山谷里的秋雨
期盼的眼泪
升腾为流浪者的声音
跟随你的足迹
陪伴去天涯

我想看大海的浪涛
整天打开窗户
仰望天空　看白云翻滚

睡梦中的呓语

蔚蓝色的天空

蔚蓝色的海洋

在心中翻腾

秋风中有朵雨做的云

其实　是我心中的思念

秋风的记忆

我——
始于青萍之末
柔柔弱弱——
温顺乖巧如女孩
轻轻地吹拂你
心头的烦躁

每当烈焰当空
无缘无故的戾气
腾空而起
我——
用纤纤玉手
轻轻抚摸着你的额头

每当西北的冷酷
从太平洋的深处
刮来了冰冷
摧残着艳丽的花儿

我——
被强势所裹挟

心在滴血在颤抖

秋阳如寂如寞

泣涕如诗

秋阳如火如荼

残阳如血

悲伤时风卷残云

落叶纷飞

欢快时风拂柳摆

稻谷金黄

秋快乐风就快乐

秋悲哀风就悲哀

秋　叶

一街长长的银杏树

在秋阳下　泛着忧郁

风吹叶落　一片片

舞蹈着

华尔兹的音乐

飒飒作响　萦绕之魂

满地金黄色之恋

清清亮亮的阳光

拂过

留下凄美的画卷

白露悄然无声

如蒙蒙的雨丝

涂抹在树枝阑干

秋叶　夜幕下

无语凝噎

月色阑珊处

君已去　我与谁同行

披一身雨露寒霜

伫立在风中

等待你的回眸

空中飞扬着一条条

炫酷的弧线

仿佛被你的微笑

触碰

秋叶　优雅地离场

空气中弥漫着

经典老歌

我曾用心走近你

收藏着点点滴滴

往事

秋　望

紫藤萝下　玉人含羞凝眸

远望　天涯明月的吟唱

君去经年何时还

水潇潇　秋风拂过

一波一波的思念

缓缓地弹着吉他

在艳艳的阳光里

诉说昨日的时华

倚着栏杆　望白云

悠闲地飘流

捡拾一片落叶

贴在心头　轻吻

秋水东去　风吹过

一浪一浪的呓语

绿树成荫的山峰

荡漾起苦不堪言的涟漪

无所事事　题写诗句

紫藤萝下　玉人相思

涌动着盼望

秋去冬来

冬日——
夜漫漫今宵正是好梦
明月清冷寂寞无语
梦醒时分惆怅却未醒
慵懒地躲在被窝里
不愿起来
继续着遐思

昨晚——
筵席早已散去
吹拉弹唱说学逗唱
锣鼓声震耳欲聋
走马灯似的艳丽
在脑海里晃荡

拉开帘幕　雪花飘飘
仿佛是梦中景致
一片片白色精灵
飞舞着诉说着
离别后的思念
似一滴滴晶莹的泪花

凝集千言万语的呢喃

落在窗台

急急起床　捧起一堆雪

捧起了你——

浓浓的一腔痴情

雪在手掌中融化

我把它储存

经年留影　往事如昨

秋去也　冬雪纷纷

秋 色

初秋——
阳光很璀璨很纯净
薄薄的从天上倾洒下来
把大地染得五彩斑斓

秋意慢慢地爬上来
浓郁的丰收　化不开
我把脸贴在你圣洁的胸膛
静静地享受柔柔绵绵的爱抚
不敢出声　时针停摆
静谧一片　时光被凝固

空气中溢流出甘泉般乳香
晶莹如凝脂般的光晕
荡漾起一层层的涟漪
引诱着游人
在田间的阡陌路上
遐思

在这美妙的季节里
我如同婴儿一般
眷恋着母亲的乳汁

拼命地啜饮

甘甜醇厚的家乡河水

依恋着妈妈的吻

远方　故乡的庭院

葡萄架下　结着一串串

紫色透亮的葡萄

温润如玉

城市的大街小巷　沸腾着欢欣的脚步

走进山水相连的秀美河山

一拨又一拨的人群

领略着大自然的神奇美妙

老伯大妈的夕阳情

暧昧的笑靥　在秋色里泛滥

公园一角

爱恋躺在长椅上

姹紫嫣红的男孩女孩

迷蒙的双眸

跌入了永恒的甜蜜陷阱

我同样不敢亵渎

这神圣的时光

依偎在你的怀抱中

不能自拔也不愿醒来

秋　意

意兴阑珊的秋
那一抹金色
染得天际金碧辉煌
庄严和威武

绵绵不断的秋雨
像珍珠般扑打着屋顶
抑扬顿挫地吟唱
丰收之恋

一阵风一阵雨
驾着夏日的老牛
紧赶慢赶
期盼着烧得通红的晚霞

八月未央的燃烧
在九月　初秋时光
柔柔弱弱的雨
变幻成翩翩佳公子
手持玉箫　在湖畔

玉树临风地吹奏

凤求凰

九月　秋意漫漾起欢快

梧桐树叶一片一片飘来飘去

西北风一阵一阵地刮来

在风中　落叶逸飞着

弧线形的舞蹈

潇潇洒洒走一走

生命如此　又何必悲伤

天凉如水　秋意微澜

捡拾起落叶

经秋雨洗涤

一颗躁动的心

停靠在秋风的湖畔

聆听蛙声

时光荏苒

错过了多少的遗憾

一趟趟列车驶过

我依然站在原点

望洋兴叹

地铁定时定点驶去

你想　制造浪漫

可惜　没有蛙声的聒噪

车厢内　一片静寂

索性　走进乡村

走进田野　聆听蛙声

星星　零零落落

洒满一地光华

蛙声也稀稀疏疏

失去了往日的风采

掰着手指　整日念叨

童年的故事

黄土地的风筝

越飞越高　高得不见踪影

老了老了　回家看看

秋风起　稻谷香

聆听蛙声　仿佛少年轻狂

我在那里等你　柳树下呢喃

第五辑　月光曲

今晚，月光独舞

朗朗的月光

在院子内徘徊

桂花溢出缤纷色彩

金色、黄色、红色，不只是衬托

旋转的木马

嘶鸣在滚滚红尘中

寻找到两情相悦时的泪眼婆娑

今晚，月光独舞

九月九日望遥空

秋霜溪冷，夜色茫茫

城市和乡村的区别

霓虹灯下泛起的思念

总是喜欢幻想

烛光晚餐弥漫着浪漫情怀

空冥寂静的乡间

憧憬着干脆利落的大碗茶

白天出汗

晚上踏踏实实睡觉

朗朗的月光

在秋色越来越瘦的时候

一片一片空白的画案

涂抹着金色的向日葵

浅浅的阳光洒在教堂里

冀望的翅膀飞过高山

飞越海洋

你我重逢

在月色迷蒙的夜晚

相视而笑

依偎在这里

于无声处听心曲

相思风雨中的和声

夏日故事

夏日　傍晚　风
像温驯的小猫
躺在外婆的臂弯里
聆听遥远的爱情

昨日的记忆
是一串串浓缩的思念
荷花池边菡萏青涩的呢喃
静静地不露声色地梦呓
等待摇曳的裙裾
风铃般吟哦
缱绻的小舟
穿行在荷花丛中
荡漾起层层涟漪
让我轻轻地摩挲
你的脸庞

思念的雨
如夏日的雷电
猛烈而震撼
氤氲成雾　一团团

浓得化不开

夏日炙热地告别
浓浓的爱恋
无法忘记的故事
圈成花冠
供奉在心灵的殿堂

微风入弦

初秋的微风

像风韵妩媚的女人

在满天星斗的夜晚

剪下一地皎皎的月光

把锦瑟年华的琴键

铺盖在海棠花下

用纤纤玉手轻轻弹奏

远方足迹的心音

滤去了夏日的郁闷和烦躁

送给天涯下的你

一缕刻骨的思念

初秋的微风

如绝色的少女

不染纤尘飘然于世

一袭长裙长发飘飘

站在峡谷

耳畔听泉水叮咚

拉一首小提琴曲

任凭温馨的风亲吻

没有一丝丝的浮名虚伪

邂逅在乡野

心被震撼

年少轻狂又回来了

我是你的……

每当你悲伤时

我——

拨动着琴弦

弹奏月光下的清音

如母亲般慈祥

抚慰着受伤的心灵

任风雨飘摇尘世滚滚

我就是那——

菩提树下的梵唱

山涧的泉水

甘洌清澈

沁人心脾的甜蜜

每当你高兴时

我——

拨动着琴弦

弹奏着春风里的欢畅

如恋人般地依偎

睡梦中也能

荡漾起幸福的笑靥

任十里桃花灯红酒绿

我就是那——

港湾里一豆灯光

等你归来

献上亲密轻吻

星星点点夜空寥寥

滤去夏日的喧嚣

田埂上的梦

宁静地听着

稻田里的蛙鸣

无论你

悲或喜　寂寞或疯狂

我都是你那

眼眸里的一丝霞光

抹去

忧郁的眼泪

插上翅膀

高高兴兴地飞翔

最爱这一天

躺在新鲜的稻草堆
沐浴着金色的秋阳
嗅闻着稻谷独特的味道
放松疲惫眺望远方
秋风一阵阵刮来
田野山谷
混合着泥土和桂花
四溢的馨香
身心舒泰极了

夜幕下　星星点点
月色和灯光交织着
邀三五知友
泡一壶茶　坐在庭园
海阔天空地神聊
空气中弥漫着
氤氲的秋雾
霜气渐渐地浓了

万籁俱寂
什么也不说
闭上眼睛
聆听蛙声鼓噪

写在枫叶上的诗句

枫叶血红血红

如一首歌

似火般地燃烧

展现着生命

悲壮 绚丽 灿烂

在秋阳下 写诗

西陵碧照 夕阳无限

捡拾起一片片

落日如霞的往事

写给青春 写给你我

回忆叠叠重重

那年月——

贫穷磨炼着单纯的性格

艰难困苦造就了坚信

秋风卷起缤纷万千的情愫

落叶的伤感

枫叶在秋阳下

浸润着挚爱的梦幻

奉献了痴情

无悔的青春

写给自己　写给你我

无须演绎完美和悲哀

眼泪救赎不了心的寂寞

眺望喀斯特的红枫

如火如荼地绽放着

爱和生命的华章

这个城市里有你

这个城市很摩登

魔幻的霓虹灯

缤纷万千璀璨嫣然

恰似你的双眸

闪烁着时尚的傲然

鳞次栉比的高楼

风情地耸立在浦江两岸

这个城市很大

地铁延伸到城市的角落

快捷便利　时时更新

稍稍休息　便会落伍

世界各地的小吃

早就不是天外飞仙的稀客

坐在异域风情的咖啡屋

冬日的阳光

如同家乡的风

亲切　温馨　可人

当你漫步在海边在乡村

夜幕下的灯光

闪亮着魅惑的色彩

没人分清

身处城市还是乡村

想找一处静谧的地方

离开灯红酒绿的喧嚣

却如此之难

不是迈不开脚步

这个城市里有你

因为你——

爱上了这座城

十里浦江岸　十里魔幻城

一束光　闪亮了你我的双眼

拨亮了无数双期盼的眼神

一脉水　浸透了你我的肌肤

温润了万万千千百姓的心灵

捋一寸春光，相恋

初春　细雨潇潇
滋润了天涯下的相守相望
双眼中衍生的语言
不用多一个字
捋一寸春光，相恋

清晨　一缕金灿灿的阳光
如婴儿般的笑容
洒在田野
走在乡间的阡陌路上
弥漫着葳蕤的清新
草色依偎在水边
好奇地追寻着恋情
在广袤的田野里
生长着痴缠着

耕耘播雨的恋曲
像农民般的辛勤劳作
欣欣向荣的相思
勃发着原始的生命
满怀着激荡的情愫

在阳光下郁郁葱葱

——呢喃

睡梦中，被叮叮咚咚的雨声
敲醒
我知道，这是你的叮咛

春回大地，暖融融的风
吹醉了多少行人
脱去厚重的棉衣
卸下沉沉的心灵盔甲
捋一寸春光，相恋

春回大地，暖融融的风
吹醉了多少行人
满怀着激荡的情愫
捋一寸春光，相恋

捉几声蛙鸣，入睡

夜色如水　清清亮亮

就像被雨浇洗过一般

干净清爽又有点凄凉

空气中弥漫着一丝丝的忧伤

环绕着屋前屋后

躺在被窝里

思绪被秋风点燃

想你的夜

捉几声蛙鸣，入睡

夏日如火的眼眸

谚语般的迷蒙

顶着烈焰似的骄阳

在黄褐色的土地

耕耘着信念和诗情

乡村的小道

扑闪着美丽的翅膀

劳作中的辛勤和兴奋

总舍不得离开这一片土地

心被远方牵挂

时远时近的脚步

面朝大海呼唤着

蓝色的奔腾的呓语

背向黄土挥洒着

蒸腾的汗水

秋色如水　微凉的记忆

此起彼伏地折腾

难以自禁　想你的夜

捉几声蛙鸣，入睡

一路向西

风追着彩虹

一路向西

走着走着　老了

躺在夕阳的怀抱中

回头望　过往的云烟

竟然一丝丝惆怅

袭在心头　秋月恍惚

南飞的大雁

恋着旧巢

一路向西

飞着飞着　落单了

额头上的皱纹

风霜染就的白发

与皑皑白雪相映成辉

山脚下峰谷边

坟前墓碑

情深似海的伴侣

长眠　身向远方

魂归故里

我追着梦幻

一路向西

走着走着　疲惫了

坐在院子里　喝茶

翻看从前写的诗句

心弦被轻轻地拨动

思念的情愫

悄悄地爬上来

说着呓语

写在涟漪起

西风烈
卷起漫天枯叶
繁花落尽
情未央
锦弦已断
与谁诉衷肠

雨潇潇　望雁南飞
梦里宫角连营
白雪皑皑
把一缕相思储存
白杨多悲风
罗帐内　玉人无眠

西风残照　百花凋敝
唯见雪地红梅
傲然伫立　盈笑连连
风去
荡起层层涟漪

那年时光

我和你一起

咏梅　雪花纷飞

迎春　诵年华不老

留一份情意融融

雪地　恋上双宿双栖的足迹

世人笑我痴

独独爱上雪

飘逸的舞姿

来时洋洋洒洒

去时无声无息

洁白在人间

引多少英雄倾倒

呼吸，是一条古道

唐古拉山脉的涓涓细流

一路向东　穿山越岭

裹挟着清泉裹挟着溪水

夹杂着暴雨狂风

呼吸着清新的空气

昂扬着青春

飞扬着诗意

一路向前　一路高歌

汇聚成汪洋

泱泱之河　母亲之河

长江　黄河

黄土地　黄土高坡

悠悠千载的中华民族

在碧水涟涟的茶马古道

听——

神仙幻境　鬼怪奇闻

人间传说　百姓逸事

执着永恒的自然法则

汇聚成汪洋

龙的图腾　龙的传人

古道旁　树木郁郁葱葱

每棵树都有故事

风雨的侵袭

时光的年轮

刻骨铭心的相知相恋

春暖花开的执手

每一分钟的浪漫

月光下的呢喃

交织在一起的缠绵

在风中荡漾

呼吸，是一条古道

我们共同呼吸着——

五千年的灿烂

博大精深的胸怀

耀眼永辉的文明

呼吸，是一条古道

我沉醉在这古道里

汲取精华和思辨

宽容和大度

淡泊宁静

风也去雨也去

星星跌入我怀抱

冬夜——

很长　梦更长

雾好大　浓得化不开

不知对面来的是谁

只听见莺莺燕燕

娇滴滴的一两声

呼唤

撩乱了一场无痕春梦

星星跌入我怀抱

想你　正对着镜子

描着蛾眉涂抹口红

一袭淡蓝色的旗袍

如此的婀娜

满城飞絮千里烟波

苏州河畔万家灯火

雾如同炊烟

袅袅娜娜

划一叶扁舟

轻轻地荡起双桨

星星跌入我怀抱

冬夜——

很长　梦更长

拧开床头灯

万籁俱寂

丝丝缕缕的思念

爬上楼

在心头　在冬夜

半个月亮

今晚　我等

半个月亮爬上来

半是羞涩半是企盼

朗朗的夜空

你像极了

云遮雾绕的峰峦

凝眉伫立听风吟诵

千年前潇湘女

凌波而来缥缥缈缈

携手游芳踪

今晚　我等

皎白的月光泻下来

河畔青芜的堤柳

随风而舞

寥寥的夜空

你像极了

出浴的贵妃

袅袅娜娜步入镁光灯下

演绎着醉酒的娇媚

半个月亮爬上来

半是蜜糖半是伤

娇滴滴的吴侬软语

腼腆中

一声我的哥呀

当年走西口的情景

寒风中丝丝的江南雨

绿莹莹的泪花

流淌在大漠深处

如今只身等你——

一同晒太阳

误了花期，错过了……

寒冬　残雪压着石头

赫色映衬着

斑斑驳驳的白色

阳光有点懦弱

墙角数枝梅

独自地妍妍开着

吴淞江滩头

西风猛烈

一片芦苇荡

登楼极目远眺

高楼林立　江水潺湲

阑珊处　想当年

千里莺啼燕语

柳枝蔓蔓

流苏般的歌吟

花开正艳

总想挽起——

你的纤纤玉手

依红偎翠　任潮涨潮落

淋透温婉多情

江南雨

浓情时分图一醉

悄悄诉说

时序更替　主角变换

寂寞夜更长　还了相思债

青春易逝　江水东流

误了花期　错过了……

徒叹何如　却不能

重拾岁月　梦醒时分

寒风中　摘几枝梅

插上翅膀

做一回放浪形骸

不羁的流云

村里的月光

村里的月光

挂满枝头

薄薄的银色

笼罩着婆娑的院子

蒙蒙的乡村

俊逸秀美

隐隐约约的远山

像你——

缥缥缈缈的身影

柔柔的眼波

山村的夜

静谧　安详　沉寂

山里的女孩

不事浮华不慕虚名

像你——

一件小碎花的裙子

漾开了一池莲花

村里的月光

倾泻在庭院

沉沉的槐花

一朵朵地绽开

如你——

默默地拾掇着

农家的四季花香

寂寂地守着岁月

缓缓流淌

都说城市的月亮

五彩斑斓

我的思念

在远方——

村里的月光

挂在树梢

和守着月光的你

雨躲进了云的怀抱

天蓝蓝的，纯粹得没心没肺
一朵朵白云，徜徉在爱河里
忘记了痛苦和遥遥无期的等待
喜鹊叽叽喳喳地唱着童谣
雨躲进云的怀抱
缱绻着相思的梦

牛郎担着家乡的土特产
一脸幸福的憨厚
像毛脚女婿的惶恐
去拜见丈母娘

织女裁剪着五色锦缎
穿着斑斓的旗袍
在银河的天桥上彷徨
焦急地搓着手，绞着长发

风微微　长发飘飘
星星点点犹如万家灯火
闪烁着快乐
碧翠的天空　如水如幕

两眼相望泪眼婆娑

执手相无言　相拥

语言是苍白的

多少个不眠之夜

抵挡不住这一刻的相见

天依旧很蓝很蓝

平静的心湖　却泛着波澜

今夜，追月画圆

今夜　月　皎洁的脸庞

不依不饶穿过桥洞

倾洒在湖面　泛着幽幽的笑靥

兴奋　欢欣　哀怨

五味杂陈　千百年来的企盼

没有放弃追花逐月的梦

我欲乘一叶扁舟

在湖中　随心所欲

一觞一咏　爱恋的月饼

咬一口　月明星稀

泪水在眼眸中打滚

圆润如玉的姑娘

今晚是否心酸后悔

月宫中的桂花

谢了又开

豪华的筵席

你的笑格外甜美

今夜　醉也醉在池塘边

听小时候的童谣

故乡的河水

已经泛黄

童年的阿妹

倒影在河水里晃悠

总有一首歌，适合你

邈邈的天空
云　闲庭信步
享受着宁静舒适的惬意

秋　变幻着颜色
仿佛魔术师一般
五彩斑斓的土地
结出一串串金色的喜悦

西风也想一展歌喉
癫狂地呼号
扭曲的身体
奔腾在假面具里　透支冷漠

总有一首歌　适合你
布尔乔亚的情愫
悠哉悠哉地不说一句话
坐在河畔旁的咖啡店
凭栏相望　行色匆匆的路人
无欲无求　消磨这时光

想变成一朵云　浪迹天涯

自由自在　不受羁绊

在流浪中　听一首经典老歌

启迪　我还是我

没有随波逐流

第六辑　雪花

江南的雪

江南的雪，羞答答

像个羞赧的大姑娘

爱恋时——

喜欢无理地撒娇发嗲

落下的几滴清泪

似喜似悲，忽然之间

泣涕零如雨般的逶迤音悦

流露出雪花片片的真情

江南的雪，娉婷妩媚

像纵横交错的水乡

柔情似水地耕耘着爱

一点一滴的恩泽

滋润着浅浅的年华

冬日下的那一轮暖阳

品茗着淡淡的生活

说着无关紧要的闲言碎语

悠长悠长地期许

春天的桃红柳绿

江南的雪，逸飞潇洒

似学富五车的才子

遗世独立而又温情脉脉

绅士般吟咏雪花漫漫

远远望去——

圣洁高贵冷艳像公主

红唇烈焰举着酒杯

优雅地跳着迪斯科

又宛如仗剑行侠的义士

享受着被人仰慕的成就

妖娆而不失温馨

暖暖的一缕阳光

最是恼人的晨风

呼吸着每日新鲜的恋情

冬，放牧语言回家

长烟落日　雪花纷飞
千里之外的故乡
我——
梦里梦外的思念
抹不去的泪痕满面
冬，放牧语言回家

秋场　打谷的欢腾
秧歌舞　跳得花枝乱颤
果树下　采摘的情话
说给懂的人听

故乡　家　亲人
汨罗江水　清澈见底
流淌着家国情怀
游子的心底
沸腾着母亲的唠叨

冬，呼啸的风
呼唤着　天涯下游子
放牧语言

殷殷切切　回家

如今　通衢大道
山谷　乡野　村庄
万家灯火　彻夜通明
播放着千里之外的新闻
家　依然是心底的最爱
冬　无论今夜有雪没雪
放牧语言　回家

等　雪

居住在北方空谷里

绝代佳人——

冰清玉洁　肤白貌美

身轻如燕　凝脂般深情

来时　洋洋洒洒

冰冷中透彻着

纯纯的爱

我在浦江岸边

等你——

用大气谦和的焰火

在上海中心大厦楼顶

燃放——

用海纳百川的胸怀

在东方明珠塔

张开双臂　将你拥抱

千呼万唤未见

你的倩影

我在浦江岸边

痴痴地等

姹紫嫣红的霓虹灯

温柔多情的浦江水

翘望——

等你来

雪

白色的精灵

来自天外

昨夜　在我的城市

轻吟曼舞　飘飘洒洒

我手捧着晶莹的痴情

苦苦地等待

行走在绵绵柔柔的岁月

把一腔热血

羽化成片片的倾慕

你的到来　让我惊喜

我愿是漫漫雪原

纯情的世界

一抹红色

陪伴——

任凭风吹雨打

历经磨难

我不屑凌霄花

攀缘在权贵的岩石上

故作姿态　媚惑众生
博取廉价的掌声

北方有佳人
晶莹而骄傲
为你——
我愿做一枝红梅
陪伴——
傲霜迎风

梅，雪纷飞

百花凋敝　零落成泥

唯我独尊　傲视一丈红尘

睥睨着温室里桃红柳绿

梅，雪纷飞

结伴走天涯

白得晶莹　雪纯纯的

红得艳丽　梅妍妍的

谁道闲情吟花弄月

我——

更喜爱风雪

漫天飞舞的浪漫

更喜爱梅花

凌霄傲然

扪心自问　沉浸在你

肌肤里脉脉柔情

凝视着一双深眸

怎不动情

夜晚　风雪载途

极目远眺　大山

梅花正艳艳地怒放

今晚，雪花在我梦里融化

今晚——

雪花在我梦里融化

雪花离我很近

近到可触摸

凝脂般的肌肤

轻轻再轻轻

生怕　粗糙的手

划下伤痕

破坏绝世之美

贴近再贴近

生怕　耳朵失聪

听不清

万籁俱寂的呢喃

今晚——

雪花在我梦里融化

雪花离我很远

远在关外崇山峻岭

在寒风怒号的野外

用满腔的热血

孕育着希望

用奉献和慈爱

呵护着弱小的心灵

柔情万丈覆盖裸露的土地

为来年碧绿的芳草

伫立在风霜里

吟唱风之恋

今晚——

雪花在我梦里融化

或远或近

梦未醒　目光依旧

风吹乱了雪

寒风像首诗

呼呼地抑扬顿挫

凄凄切切的期盼

纷纷扬扬的思乡之情

在这年末　风吹乱了雪

归家的路　漫漫长长

险峻且艰难

落叶随风而去

家乡的河湾

曲曲折折

河面缥缈着乡音小调

风吹乱了雪

恰似一首儿歌

如同小时候的游戏

离故乡越来越近

情越来越怯

越想见你却又怕

——见你

风吹乱了雪

儿时的小娇娘

天遥地远想当年

浊酒一杯梦魂何处

一叶扁舟泛湖

杨柳依依

寻找初恋的童谣

风吹乱了雪

在这年末

思乡情更浓

童谣越唱越亲切

冬之雨雾

雾悄悄　弥漫着窗棂

抹不去的巧笑倩兮

雨潇潇　点点滴滴敲打着

想你的夜

心　沸腾着往日经历

梨花漫漫

脚下的乡间小路

碧翠的芳草

妍开了寸寸芳心

春雨如不知情的愣头青

闯进了你的心湖

旌旗摇荡

时光充满了灵趣

冬之雨雾

漫长　仿佛凝固了激情

烟水茫茫　蒙蔽了忧伤

雪又不来

难受得无语凝噎

黯淡的云天

何必期盼

灰色的气球

高高地飘逸在树梢

回家　点一支蜡烛

安安静静地遐想

今夜，雪

岁月迢递　太久太久

不见你——

巧笑盈然

飘飘逸逸的仙气

午夜时分

轻灵倩碧的佳人

呵着一团团晶莹的相思

裹着风

翩若惊鸿

踏着春的韵律节拍

来到我的窗前

白色的舞姿

魅惑着我的眼睛

千娇百媚的回眸

荡荡漾漾

抵不住这一刻相拥缱绻

你——不期而至

给了我多少惊喜

平复着经年往日

一纸纸的刻骨思念

今夜，雪

前生今世的因缘

打开窗，快快回家

窗外　风吹　寒冷

为你　炉火烧得旺旺

炖一锅鱼汤

醉吧　杨柳堆烟

话语已是多余

江南冬韵

江南——

风柔软　雪更绵绵

乱风吹雪

风轻云淡雪也轻

柔弱中氤氲着温馨

雪像一位深闺女孩

雍容华贵矜持恬静

望千秋云霭

雨潇潇雾蒙蒙

枯黄的梧桐叶

随风而去零乱而舞

在这样的舞台

谁不想表演

又有谁

真心实意去表演

都说风轻佻

雪实在太妖娆

缥缥缈缈的舞姿

引无数俊男靓女

澎湃不已

谁对谁错

任世人评说

面朝大海登楼望远

思念佳人遥想当年

一片片一朵朵

雪纷飞

贴在脸庞深深一吻

融融的一瞬间

天地在我心

雪未来　风轻轻

偶尔的阳光也温柔

第七辑　江南水韵

春　风

春风　雀跃地来了

寒冷——

抵挡不住

情窦初开的魅惑

跳着不甘寂寞的舞蹈

雪剑走偏锋

没有预约

追随着寒冷的脚步

漫天飘舞

把尘世打扮成银色的雕像

佳人巧笑

等待

一度春风的华尔兹

既然倾心之恋

执着地等待

相逢何必多言

雪拥蓝天

缱绻在蒙蒙细雨中

佳人巧笑

春风一度的快乐时光

折一枝红梅

在料峭的寒冷中

含羞凝眸喃喃自语

贪恋月上山冈

白桦树林里的相恋

相思

用一生三世的回报

一度春风去又回

佳人在闺阁

绣着荷包

泪水中饱含着希望

笑春风多情

笑佳人痴情

雨纷飞

二月　风料峭

天气正萧索

雨纷飞　止不住

伤感的情愫

冬去春来

洋溢着兴奋

风萧萧雨纷飞

嫣红的女孩

斜挎着青翠的小坤包

千娇百媚地含羞伫立

盈盈然相迎

细雨霏霏

像结着愁怨的女孩

在冬末春初的时刻

执一枝残柳

在湖畔　看湖水

静静地流淌

似水流年的故事

年年相近岁岁不同

人如流水　向谁说

水深鱼沉的迷茫

无声的雨

翘望

更胜一刹那的焰火

灿烂如霞

执着的心

平静如水　平淡如雨

在雨中吟诗

撩拨

相逢一笑的刻骨铭心

春雨如丝

春雨　细细密密　如雾
山川　田野　城市
笼罩着忧郁　愁怨
在空气中飘来荡去

整整的一座城
乍暖还寒的季节
显现着迷蒙
肆虐着欢欣时分
灯光下
影影绰绰
匆匆而过的背影
春恨绵绵

姑娘对着镜子
无心梳妆打扮
终日恹恹
惆怅袭满了心头
伤离别
暗自垂泪到天明
梦里梦外萦伴着憔悴

大妈大伯没有了

往日的疯狂

广场舞的音乐

在如丝如缕的雨中

消失

春雨　细细蒙蒙

斜风裹着如丝的雨

漫无边际地逸飞

记得初见的时光

雨丝霏霏　轻风里

浸润着相思

花红柳绿　漾开着黄色丝巾

苏州河畔　清清冽冽的水

流淌出一行行诗句

春雨　如丝　如幕

拉开莺穿柳枝的帷幕

微风燕归来

翻开了春天画册

不经意　翻开了春天画册

风——已被冬雪淬炼

温文尔雅地拥抱

年轻的心

躁动的恋情

江西　婺源

雾悄悄地弥散

油菜花漫天吟唱

恣意汪洋地敞开胸膛

总也忘不了

阳光灿烂的时分

红红的笑靥

映衬着艳艳的油菜花

屹立在春风里的相逢

迎风粲粲　历久弥新

上海　南汇

细雨悄悄地飘洒

桃花妍妍地开

青翠的女孩

唱着烂漫的歌谣

一袭粉红色的长裙

人面桃花含羞欲滴

撞击了平静的心湖

泛起涟漪

久久不愿离去

慢慢地荡漾

春风笑我多情

我笑春风多媚惑

与你一起翻阅春天

吾家有女　二八年华

养在冬雪人未识

肤如凝脂性顽劣且多变

情窦初开　暗生的少女情愫

羡慕中不露一丝丝遗忘

粲粲然　含颔低眉

嫣然一笑羞煞六宫粉黛

袅袅娜娜摇曳起春风多情

携情侣游遍芳踪

三千里河山万紫千红

西湖畔　桃红柳绿

微雨红尘羞涩含翠

堤岸　莺啼燕语

微风拂柳　听不厌

梨花一开满满的爱

湖水荡漾起相思的波澜

拥着你——

轻轻地泛着兰舟

不觉中西下的阳光

绚烂无比

今宵明月躲在一旁
洁洁的月光洒下来
我眼中什么都没有
唯有你——
黑黑的深潭似的双眸
闪烁着惊叹

早春三月

恋上桃花
风儿羞红了脸

走在早春三月的路上
心底柔软的一角
如同泉水
突突地冒泡

原本暴躁的你
变得如此可亲可爱
爱恋的雨露
魔力非凡
滋润着冷漠的心

早春三月
雨在江南
疯狂且多情
干涸的小池塘
开出了朵朵的花
风也轻雨也轻的时光
荡漾起幸福的笑靥

走在早春三月的路上

江南的小河

欢欣雀跃地吟唱

恋爱的季节

泛着一圈一圈的幻想

小草露出欣欣然的眼睛

躺在母亲的怀里

无忧无虑地生长

微微细雨中

燕子双双对对

早春三月

爱恋的时光

三月的风

丽日下

徜徉在娇媚的三月

乡间的小路

草嫩嫩的风柔柔的

被微风亲吻

脸庞

痒痒的酥酥的发烫

犹如躺在爱恋的怀中

你那——

纤纤玉手婆娑着

莺啼燕语的情愫

呢喃着湖水涟涟

风在三月

溢流出相逢时光的欢歌

江南——

微风细雨轻轻抚摸你我

在乡间的阡陌

温馨的空气

弥漫着爱的情欲

放眼望去

田野插上绿莹莹的翅膀

稻田里的秧苗

如婴儿般笑容

嫩嫩的无邪的天真

演绎着勃勃的生命力

三月的风

温柔贤淑优雅大方

如你——

像一颗星星

在夜空里

闪烁着柔情似水的妩媚

早 春

早春——
春之三分
一分雨二分风三分光

早春已瘦
瘦得妩媚娇俏
令人爱怜
不能释然放手
斜风兼着细雨
柳絮飞蒙
浅浅地吟唱
帘栊下的相思

昨晚又闻
多情的雨声
敲打着窗棂
一树梨花纷纷
妖娆地盈笑
笑痴情
诗行重重到天明

一缕阳光灿灿

仿佛风流倜傥

杨柳依依俏公子

临风而歌　抚箫吹笛

遗世独立缅怀

邂逅在春光里

北方佳人

记得初相逢

红衫绿裙长发飘飘

冷艳中一泓媚眼

惹得粉蝶舞

玉箫声声慢

春光已瘦

指缝中漏出

此恨绵绵

绞痛着相思梦

怨也早春思也早春

春　雨

春雨如丝　细细地缕缕地拂着

脸庞　如同你的手

纤纤柔柔　抚慰

一颗躁动不安的心

年少时憧憬着

渴望的爱恋

温润了企盼的眼神

桃花般的艳芳

昨夜一场潇潇雨

淋湿了思念

任凭雨的疯狂

独上阳台　倚着栏杆

舌尖上长长久久地漾荡

翻卷着激情

送给你　留有余香

春雨如幕　密密地斜斜地　滋润

心扉　如同你的黑发

瀑布般披下

在蓝天下

跳动着诗意飞扬

懵懂怀春的少女
一心一意揣摩着偶像
喜怒哀乐
微风送爽的日子
倾泻着妩媚的深情

昨夜一场潇潇雨
不知梦里身外客
今宵酒醒
杨柳拂堤露未干
江南烟水茫茫
相思泪千行

春夜即吟

春夜　星云邈邈

乌黑乌黑的恐惧

袭在心头

端起一杯红酒

摇曳着烈焰红唇

一口喝尽寂寂的思念

风轻轻　枯燥的时光

连梦也不敢沉醉

解开春衫　释放一腔痴怨

暮色里　聆听远处的歌谣

山青青　水泂泂

青春倒映在湖水中

杨柳依依灯火迷蒙

几时与你

再踏马迎风

去寻找竹子清幽

爱的探险

春夜　寂静　寂寞了

无痕的牵挂

伴着偶倪的春雨

敲打着我的窗棂

千里万里的信笺

恰似——

一株株的桃花

像极了你的双眼

笑靥　朦朦胧胧

穿透心灵的声音

蹚过春天的河

杨花飞絮，丽日下
飞扬青翠的潋滟
宛如少女的脸庞
一朵朵红晕
羞涩的舞蹈
写意着怀春的情愫

河水轻轻　呢喃着美妙
赤脚蹚河　河水冰凉
洗涤一冬的倦容
放肆的青春
在烟雾袅袅的乡野
倾泻

柳枝轻拂　抚慰着殇魂
远去的黄丝巾
在高原在大漠逸荡
春雨　江南婀娜多姿
像你的恋人
缠绕着缱绻着
疲惫的身影

蹚过春天的河

春去夏来
荷花漫漾起洁洁的傲然
月光下
西北风依然猛烈
哪有夏的疯狂
蹚过春天的河

江南雨，染成水墨丹青

烟雨　烟风　烟雾
碧瓦　青砖　粉墙
雨落一地
染成水墨丹青

清清冽冽的河水
从家门口淌过
九曲十八桥
柳枝翠竹倒映在水中
欸乃一声
江南丝竹的甜糯
如诗　如画　如歌

灯光下
一袭湖蓝色旗袍
娉娉袅袅的女孩
倚着栏杆
双眸似深潭
泛着忧郁的眼神
静思间或远眺
薄薄的唇

嫣红　似醉非醉

斜风细雨何须归

落了一地

染成水墨丹青

走进初夏的暮晚

初夏的暮色

晚风拨着琴弦

妖娆妖媚而又风情

广场舞

城市早就失去了专利

乡村的一角

灯光和星光辉映

暮色中的山峰

格外毓秀

广场上

大妈如醉如痴舞蹈着

倾情地演绎

富足祥和的浪漫夕阳

沉醉在夏日的晚风里

缓缓地把心中的歌

释放

走进初夏的暮晚

挥之不去的青春絮语

时不时地泛滥

四十多年前

同是乡村的一角

咸菜味的苦涩生活

激情没被磨灭

飞扬着的诗情

斜风细雨的岁月

如初恋般的纯真

快乐了你我的双眼

音乐和书籍

被锁进历史的魔盒内

干巴巴的泥土

干涸的河流

渴望一场夏日的暴风雨

今晚　初夏的风

温馨而多情

昨夜的雨

江南　梅子熟了

一川烟草　望穿伊人

归来的脚步

昨夜被雨包裹

细细地逸飞着思念

滴滴答答敲打着窗棂

仿佛你的身影

在雨中漫天飞舞

心就这样被俘虏

没有雨的日子

想念你的陪伴

绵绵地柔柔地腻在脸庞

痒痒地酥酥地被甜蜜宠爱

没心没肺地随风而吟

一行行的诗句

奔腾着飞扬着青涩

江南　好地方

斜风细雨　骨子里的风韵

女孩妩媚妖娆

雨潇潇　多情不失风流

男孩温柔浪漫

伫立在雨中

被温润滋养的爱恋

疯狂地发芽成长

江南　风多情　雨亦多情

柳树在风的诱惑下

不知就里地舞蹈着

此时我在柳树旁

静候着你——

绵绵不断地絮叨

与生俱来的嗲味

在阁楼里漫天飞舞

不知你是否懂得

江南　还有江南的雨

江南水韵

桃花的裙裾

摇曳着江南清澈的夏水

荡漾起羞怯的涟漪

一双澄清的眼睛

穿过月色的朦胧

在柳树下

远远望着　沉思

星光也暧昧

躲在云层里玩自恋

淡淡的江南风韵

雅致而又袅袅

轻轻地吟唱着旖旎的小曲

甜糯的声音

嗲嗲地浸润着骨髓

仿佛被细雨吻着

沉醉在江南的水墨丹青

一水的月色

一池的荷花

被一群水样的女子

染成了江南独特的水韵

第八辑　遐想

放歌吧，十月

金秋十月，放歌

祖国啊，母亲

六十七年前

您伟大的儿子

一声惊天地泣鬼神的话语

永永远远载入史册

中国人民从此站起来了

喊出近二百多年以来

仁人志士，中华民族的豪迈之声

一个饱受屈辱和灾难深重的国家

昂起头，挺起胸腔

走入世界

金秋十月，放歌

祖国啊，母亲

我用怎样的语言也难以描绘

您的美丽和伟大

长江黄河——

您的甘甜乳汁哺育

五十六个儿女成长

长城是您伟岸的身躯

峻峭巍峨的五岳——是您的脊梁

三千里江山如画

历经苦难都被今天热血沸腾所替代

既古老又年轻的母亲

从来没有像现在这样貌美秀丽

港珠澳大桥

犹如一条璀璨夺目的彩虹

横卧在海上

上天入地太空宇宙到处都有

您端庄大方的笑容

无论我走到哪里

都能听到乡音和家乡的歌曲

自豪便油然而生

金秋十月，放歌

节日盛装的舞会

我用我诚挚的心

祝福您——

年轻漂亮青春永驻

为您点赞，为您歌唱

七夕断想

一

风起了
漫天飞舞的黄沙
什么也看不见
只剩下思念
一笔一画都是
你的影子
每年在这时刻
心不再宁静
我早早来到
河边等候

雨下着
七夕　鹊桥
雨幕中的相拥
呢喃的舌头
缱绻着时光
没有月色的夜晚
变幻多姿的灯光

心河——
胀满了青春的语言

风雨兼程归来
此时此刻
家乡的山川
没有改变　它见证
年少轻狂的你我
写给月光的诗句
鬓发已白依然故我

二

我听过无数的童话
都没有鹊桥相会
凄美动人

365 天的没日没夜
希望　期盼　等待
苦苦地煎熬
就为了这一刻的相拥

你说过　我们
有百岁的生命
有百日相聚的时光

百岁后　羽化成仙

就不会这么悲苦

大千世界万丈红尘

相逢在青山远帆的缥缈中

依偎在逶迤的峡谷里

朝露夕阳的影子

留下你我长长的足迹

中秋抒怀

趁着今晚

圆圆的月亮

把一生一世

思念　期盼　心愿

说出来

今晚月儿

格外清亮

明亮地在心头盘旋

恨不得摘下来

收藏

今晚

远隔天涯

游子

格外凄清

枯坐在五色灯光下

别墅

默默地念着

千里共婵娟

诗句

今晚　家乡
山山水水一草一木
格外清晰
月色透过窗棂
泻下一地等待

今晚　妈妈
做的月饼
格外香甜
梦里——
也能咀嚼出醇厚和温暖

今晚　月儿
特别圆
心儿
特别苦
什么都可以放下
唯独不能忘却
想家想妈妈

清 明

晨曦——

穿越寥廓的天堂

在青翠环抱的墓地

点上三炷清香

摆上美丽的鲜花　供品

虔诚地跪下　磕头

萦绕之魂　告慰

祖先　父母双亲

摩肩接踵的人群

携带执着的思念

在火热的阳光下

一幕幕地回忆

母亲温馨的笑容

山外青山

一缕缥缈的烟火

冉冉升起的黯然哀思

满山遍野开着

祷告　祈福

心与心的交流

春风吹过了
一片片的呓语

守 岁

今晚　除夕
星空里闻不到往日
烟火的喧闹
微信祝福花样百出
眼花缭乱的红包
溢满神州大地

守着春晚　守着
家的港湾　宁静祥和

五六十年代
恍然中　年少时
妈妈　操劳了一年
天寒翠袖薄
年夜饭后　守岁
为每一个子女
能穿新衣服
蓝色的卡其布
棉袄棉裤的罩衣罩裤
揉碎了心
清苦　是那个年代的特征

如今　妈妈在天堂

笑靥如花　看着

我们再也不用

为新衣　为年夜饭

操碎了心　守岁

不再心事重重

守岁　守着春晚

星空下　三千里之外

红嫣绿杨　漾荡着

幸福　长乐

黑夜里的文字

——观舞剧《永不消失的电波》有感

万籁俱寂的夜空

白皙而有力的双手

在魔窟里　敲打出一串串数字

一串串美妙的文字

如闪电如霹雳

撕裂着魔鬼的灵魂

一串串美妙的文字

如匕首如利剑

直插敌人的心脏

一串串美妙的文字

如一曲曲舞蹈

迎接黎明前的曙光

夜空如洗　星星点点

信仰　不屈不挠

身子虽柔弱

意志如钢铁

刑具摧毁不了

共产党人的信仰

只能吓死胆小鬼

今天　夜空璀璨夺目

没有鬼哭狼嚎

缅怀先烈　星星格外明亮

举杯祭奠　告慰先辈

中华民族的崛起

梦　中国梦定会实现

归去来兮畅想曲

二十世纪六十年代末

上海老北站　忘不了

百万知青上山下乡

人山人海　泪水在寒冷中凝固

嘶哑的叮咛　裂肺的哭喊声

伴随着特有糯糯的

苏北话　宁波话　上海话

绞痛着每家每户的心

咣当咣当的绿皮车　远去

留下了无尽的担心和思念

去　带着大白兔奶糖　五香豆

干煎咸带鱼　炒麦粉

爱　月落满屋梁

归来　山里的干货土特产

载满山里人的纯朴和情谊

二十世纪八十年代起

上海老北站慢慢地转换

新客站　外来务工人员

肩挑手提蛇皮袋

棉被衣服糖果

满满当当　拖儿带女

一票难求　风雪中

排着长长的队伍

回家的路　艰难困苦

乡愁　抹不去的

母亲妻儿深深呼唤

倚门翘望的泪眼

本世纪始　咣当咣当的快慢车

被——

高铁　动车　飞机　私家车

取代

简捷　快速　方便

高速公路　精彩纷呈

浓缩的小轿车博览会

不见了蛇皮袋　大包小包

拉杆箱　公文包　手提电脑

手机　**iPad**

回家再也不用筹划

路不再难

四十年　远去归来

沧桑巨变　无论居住在哪里

回家　路　不再艰难

犹如晨耕暮归

权当旅游

你我就像只小鸟

自由地选择出行方式

放松心情　放歌在蓝天下

悠悠然饱览三千里江山

五千年灿烂文明

共和国之歌

七十年　人生

垂垂老去　光辉岁月已成过往

七十年　共和国

依然年轻　青春飞扬

梦圆神州　砥砺奋进

七十年　历史一瞬间

神州大地天翻地覆

浓彩重墨惊艳了世界

一　苦难的结束

七十年前　天安门前的礼花

宣告了中华民族二百多年

苦难的结束

开启新的时代

一穷二白　百废待兴

五星红旗

在约九百六十万平方公里的土地上

高高飘扬

四万万同胞

齐心协力万众一心

何惧

不法商人　囤粮　囤煤　囤货

贩卖银元　美元　黄金

经济战线的三大战役

惊天地泣鬼神

彻底粉碎反动派的预言

美蒋特务的破坏

敌特的狂轰滥炸

吓不倒年轻的共和国

封锁　联合国军　列强出兵

武装到牙齿的美帝

悍然入侵

共和国的子弟兵

雄赳赳气昂昂

跨过鸭绿江

气吞山河的上甘岭

不得不使美帝低下

高昂的头颅

签下板门店停战协定

二　迷茫的十年

苏联专家的撤走

三年的困难时期

也只是共和国前进路上

小小的一道沟坎

一朵冉冉升起的蘑菇云

震撼着美帝和苏修的酣梦

西方的精英为之胆战

迷茫的十年

共和国付出了沉重的代价

青春不是莺歌燕舞

自我改造自我革命

1978 年的春雷

来得有些晚

荒唐如云烟

不会永久笼罩

在共和国的头上

明日会更美好

三　改革开放四十年

一位老人　也是巨人

在南海向世界挥了挥手

经济特区　百姓　人民
点燃的火　冲天而起
在神州大地熊熊燃烧

时间就是金钱
埋头苦干　十四亿人民
精神和能量
如地底下岩浆
奔腾咆哮

四十年的日日夜夜
换来了
高楼遍布共和国的每一座城市
条条道路通乡村

高铁　地铁　高架公路
大飞机　航母　国防科技
一首首高歌
声震寰宇

航天　航海　天上　海底
无不留下共和国的影子
一张张的名片
亮丽着世界每个角落
惊诧了西方的精英

世界为之喝彩
国人为之骄傲

四　中国梦

中国梦　仁人志士
为之奋斗为之牺牲
振兴中华　共和国之歌
共产党人的初心

中国梦从不幻想
也不求西方列强的恩赐

长征　人类历史的丰碑
今日　我们又出发
民族复兴的长征

脱贫　不让每一村旁落
不让每个人缺席
伟大的盛宴
一脚一脚坚实地走在
筑梦的路上

贸易战

不战　不怕战　不惧战

科技的围追堵截

阻挡不了中华民族的前进

没有硝烟的上甘岭

退——没有出路

胜利一定属于共和国

今日之中国

绝不会再走回头路

任人宰割的时代

一去不复返

同仇敌忾　万众一心

十四亿民众发出的吼声

中华儿女共同的梦想

这就是

中华民族的性格

不忘初心　牢记使命

共产党人的誓言

也流淌在

每一个中华儿女的

血液里

秋色中的五星红旗

秋色正浓　喷薄而出的阳光

泛着金光　照射在广袤的田野

照射着三千里江山

五星红旗　在秋色里

格外耀眼　格外鲜艳　格外庄严

二三百年前　古老的土地上

没有一面旗子　像五星红旗那样

神圣　不可凌辱和侵犯

分裂的国土　盛行万国旗

在秋风里　大清国旗被践踏

青天白日旗　被嘲讽

城头变换大王旗

被奴役一般地苟活

国旗只是茶余饭后的笑话

七十年前　金色的秋天

天安门城楼上

伟人铿锵有力的话语

中国人民站起来了

声震寰宇　直冲云霄

开辟了一个新世纪

五星红旗　在秋色里

格外神圣　格外夺目　格外灿烂

四十年前　五星红旗

在神州大地　焕发青春

三千里之外　大地蒸蒸日上

一泻千里地奋发图强

五星红旗　在秋色里

格外引人注目　格外令人震撼　格外使人扬眉

1997 年　1999 年　香港　澳门

傲然飘扬的五星红旗

全球华人为之欢呼为之雀跃

沉睡的雄狮　吼声连连

五星红旗　在秋色里

格外令人自豪　格外使人自信

如今　世界变幻多姿

大格局　大洗牌

红旗漫卷西风

中华民族的崛起

列强掠夺者

瞪着双眼　在暗室密谋

五角大楼的封杀

西方世界四分五裂

几个跳梁小丑

阻挡不了　高高飘扬

鲜艳神圣的五星红旗

在联合国的上空

在世界各地会场的天空

五星红旗　在秋色里

格外受欢迎　格外被尊重　格外被推崇

观国庆阅兵有感

沸腾了　亿万中华儿女

沸腾了　长城内外　大江南北

沸腾了　全世界华夏子孙

一百六十多架战机

呼啸而过　直冲云霄

宣示　中华民族几百年的梦想

昭告着　无数的先辈英烈

你们为之奋斗为之牺牲

理想　信仰　就在今天

昂扬在这片土地上

告慰　开创共和国的领袖

七十年后的今天

您的将士

饱满的热情　昂扬的斗志

向您报到向您汇报

告慰　中华优秀儿女

仁人志士　先辈英烈

梦圆中国　在这里

在今天　北京　天安门

十里长街　铿锵有力

步调一致　声震寰宇

全世界为之侧目

全球各个角落为之震撼

你瞧　来了　来了

坦克　装甲车　导弹

陆地　水下　天空

应有尽有　高科技武器

先进得让人妒忌让人眼红

一列列　一排排

威武雄壮　英姿勃发

扬我军威　扬我国威

扬我中华民族之威

敬礼

军旗　党旗　国旗

不忘初心　牢记使命

敬礼

先烈　功勋　人民

七十年的成就

是战士的鲜血

是先烈的鲜血

染成

是功勋的青春

是人民大众的汗水

奉献得来

是中华儿女的精英

是革命领袖浴血奋战

指引描绘

中国正在前进

任何力量阻挡不了

我们前进的步伐

前进中的祖国

担当大国责任

不恃强非凌弱不称霸

"一带一路"谋发展共享和平

人类命运共同体

万岁　我的祖国

万岁　亲爱的党

万岁　伟大的人民

第九辑　花草物语

乡野骑行时光

秋意写在脸庞

笑靥飘逸在田埂

无垠的绿色

在乡间的小路

肆无忌惮地放飞着

年轻的回归

徐徐行　慢慢地品味

此刻——

天际一线的蓝天白云

宁静柔和的美

舒缓着功名利禄

从喧嚣的霓虹灯中

走入乡野

染红了不年轻的躯体

澎湃着曾经的意气风发

骑上自行车

徜徉在盎然的秋意里

双眼来来往往地张望

沉浸在充满爱恋的风中

惬意弥漫了你我

一辆辆的自行车
偎在青翠的怀抱
怡然逍遥
犹如一只只风筝
飞翔在蓝天下
与白云相拥呢喃

海的情思

我站在普陀山顶

凭风眺望

东海——

浩瀚仁慈的胸膛

翻滚着一朵朵相思

黄色的海水

深入骨髓的黄土情愫

我手捧着《诗经》

虔诚地诵读着经典

窈窕少女的圣经

春风已经来临

栀子花香诱惑着

蝴蝶翩翩

不知是有心间或无意

鸥鸟或高或低地飞翔

宛如惊鸿一瞥

种植在我心里

遐思尔尔

飞花逐月的思绪

在碧波荡漾的海上

一浪一浪地远去

海对岸的女孩

可曾想——

你我一起

去听海的风吟

浪的涛声

风吹过那片海，那扇窗

风吹过那片海，那扇窗
柔柔地不忍离开　花儿在谛听
心的涌动　诗的语言
时光凝固　那双眸　那片深红的唇
幻影式地重叠　魅惑无限

海水　湛蓝湛蓝
天空　蔚蓝蔚蓝
一只鸥鸟　低低掠过
一声声的呼唤
余音袅袅在耳边

海滩　一片片芦苇
迎风吹笛　婆娑
悠闲安然　一双双脚印
丈量着远方的思念

我抱着光的影子
站在海边
不停地旋转
记忆的碎片　此时此刻

春恨绵绵　如水的波澜

撞击　撞击　拍打着阳光

留几张夕阳西下的照片

存念

一滴雨

天边的一朵彩云

凝视着远方

前生前世的思念

化着珠圆玉润的雨滴

滑落在你的窗台

叮叮咚咚地唱着情歌

天边的一片雪

飘洒在天涯

晶莹透亮的情思

穿越时空的爱恋

浓缩了甜蜜的回忆

逸飞在你的眼前

泛着纯纯的泪花

跳一曲浪漫的舞蹈

我是一滴雨

来自天山的雪

沉醉在温柔乡里

梦中不知何时何地

睁开眼　满地精华

被雨洗过　碧翠的山峰

清澈的风　吹来

掀开了你的窗帘

徘徊

搅动着心的湖水

泛起层层相思的波澜

红蜻蜓

鼓动着薄如蝉翼的双翅

满含深情地亲吻着池水

阳光下　红红的身姿

弧旋形地滑飞

醉了月亮　醉了池塘里的鸳鸯

荷花露出了青涩的笑靥

池边的小草

迎风而歌

把山与水揽进怀里

浓缩了星星的泪花

每一个波纹里

都有初恋的影子

记得年少时

蓝天下双宿双栖

大漠孤烟天山的雪

昆明滇池茶马古道

只羡鸳鸯不羡仙

天涯海角留下了

爱的足迹

夏日的暴风雨

折断了我的翅膀

躺在清冽的河水怀抱中

此生此情　闭上眼睛

荡漾起爱恋的涟漪

栀子花开

空气中弥漫着淡淡的馨香

满城飘逸着白色的笑靥

如你——

一袭白白的长裙

双眸弥漫着淡淡的哀郁

湖水中　乘坐一叶扁舟

顺水而下　一张琴

轻抚慢弄　琴瑟和鸣

朱唇轻启　吟相思曲

六月的江南　烟雨蒙蒙

忽如细雨霏霏　任泪水飞长

青山翠峰　碧波万里

荡漾起绵绵无绝山河情愫

忽如阳光初霁　万道金光

波光粼粼　泛着情意绵绵的悠然

栀子花开　在江南　在六月

满城尽带白色的纯净

一股浑然天成的爱恋

浸润着城市乡村

站在湖畔　站在你身边

嗅吻着花香　耳畔听风

吟山吟水　吟相恋之情

若即若离的雨

一场粉红色的邂逅

伞下　缱绻着私语

伞上　斜风飘逸着情歌

眼眸中漾着清澈

五十年前的明媚

每个字每句话

贴在心窝　珍藏为经典

一场命中注定的相遇

烟雨蒙蒙的下午

江南多情　而你更风情

一袭红红的长裙

拽地　苏州河边

长椅上　演绎着

唱着过家家的童谣

河水荡荡　风儿悠悠

你是我的新娘

今日　又是春雨潇潇

五十年的岁月

我依然拉着你的手

依偎在若即若离的雨中

茶禅道

——观曹禹老师书法有感

朗朗的岁月里

有你　有你的艺术才华

沉浸在磁性的魔力中

悟道悟佛

真想——

邀三五知己

乘一叶扁舟

在清澈的河水中

顺流而下

听风徐徐吟

山水不老的神话

两岸青峰　苍翠竹秀

山涧缓缓流淌着一往情深的双眸

清清冽冽　喝上山水泡的茶

氤氲着淡淡的气霭

一觞一咏　谈天说地

心中有佛　人人皆佛

朗朗的岁月中

学做一下　放浪形骸

揽星月入怀

诗便如这绿莹莹的涧水

汩汩流淌

时而起舞　天地在我心

时而低鸣　花草虫鱼伴左右

朗朗的岁月里

醉卧在古老的铁画银钩里

两鬓斑白却浑然不觉

依然故我的心

犹如清晨的阳光

灿烂

山水之恋

登上高高的山顶

极目远眺

蓝蓝的天白白的云

邂逅着生命中的诗篇

翠竹摇曳　与你同行

雾霭中一丝丝山水情愫

被山里的鸟唱虫鸣而惊艳

悠然闲适　闭着眼发呆

陶醉于青山绿水间

山一程水一程

徜徉在翠翠的竹林

随风而吟

写着热腾腾的情诗

忘了回家的路

躺在你怀中

清浅的时光

我像毛头小伙子

憋红了脸

那片花那片海

不知如何表白

摘下一朵玫瑰花

插在——

你飘逸的长发

阳光下

秀美极了

与你一同遨游

北方的雪纷飞

南方潇潇雨

踏雪寻梅　浪迹天涯

生命中的邂逅

难忘的山水之恋

又见白云

秋雨绵绵　雨连着台风
天灰蒙蒙　心情也灰蒙蒙
独自一人　一杯浊酒
无语东风　暗自噙泪到天明

阳光穿透厚厚的云层
又见白云　天蓝蓝
一团团白云　硕大
白白的没有瑕疵
就像纯纯的爱恋

一团团白云　似莲
盛开着宁静的祥瑞
安静地躺在蓝天的怀抱
甜甜地睡去　如同婴儿
仿佛在吮吸着甘甜的乳汁
嘴角露出丝丝的笑容
灿烂　阳光

一团团白云　似小马驹
奔腾的欢笑　蓝天里的音乐

敲击在青春的梦幻

就像一颗石头

投入清澈的苏州河

泛着圈圈的涟漪

又见白云　就像又见到你

如同当初　秋雨霏霏

我拉着你的手

漫步在苏州河边

忽然雨停了

一缕清澈的阳光

轻轻抚摸着你的脸庞

圣洁　纯净

咫尺，已是天涯

梨花妍妍

舞蹈着青春憧憬

轻轻地走近

你的身旁

依偎在春光里

一语不发

晚风来急　花落满地

烟雨江南　迷蒙了眼眸

为谁笑　为谁哭

往日的情影芳踪

映射着桃红柳绿

梨花茧茧

泪痕斑驳着嫣然一笑

昨夜星辰昨夜雨

春去也

怅惘的背影　湿透了衣衫

咫尺　已是天涯

执手相看泪眼婆娑

纤纤玉指

早成了厚茧

纹路中依稀

写着初恋情愫

梨花漫漫

雨潇潇一川烟草

江边

来来往往的船只

震耳欲聋的广场舞

弥漫着张扬的风

咫尺　已是天涯

不敢相望

茶烟曼曼落花轻
——谨以此诗献给我的老同学

春光被过滤　变得纯色

清亮　单纯　高贵

烟雨蒙蒙　柳絮飞扬

茶香曼曼落花轻

三千尘土离人泪

记得初相见

春衫雪白　碎花连衣裙

长长的黑发

在阳光下跳跃

笑盈盈的脸庞

洋溢着少女的羞涩

青山叠翠惹残烟

宛如昨　难相忘

风吹去尘土翻滚

五十载相思　铭心刻骨

拉开帘幕　隔墙伸出的双眸

犹如一汪潭水

荡漾起深情的涟漪

风吹来了相问

白了少年头

凝视冥想

年少时相恋

发黄的记忆

在青青河水中泛滥

第十辑　山水之恋

丽水，画一样的地方

丽水　画一样的地方

青青的山　绿绿的水

纤尘不染　如美艳的少女

美得惊奇　惊艳

远眺——

山岚叠嶂　翠谷秀丽

云　白白的无一丝杂质

一层层地挂在天边

丹枫碧瑶　比画美艳百倍

让人不舍　不忍离去

古堰画乡

八百里瓯江在这儿

驻足　停顿　观望

古堰画乡诠释了

一见倾心的美丽山河

如情窦初开的少女

梦寐中的少年郎

风流倜傥伫立在岸边

横吹玉笛　悠然回荡

羞涩而骄矜的情怀

留一份思念在心底

通济堰　水利工程世界遗产

水上石板桥　世界第一

阻挡泥石流沙　截流分流

灌溉万亩良田　百姓丰衣足食

都江堰　通济堰

古国千年的双子星

流芳百世　彪炳史册

清澈溪水的流淌

溯源而上　慕拜千年树神

祈愿　安康　丰登

漫步在千年的古道

静静地聆听千年的淙淙流水

近看千年的石板桥

远眺千年的拱形大坝

思先贤看今日

感叹敬佩之情

油然而生

瓯江似一匹白练

松阴溪似一条碧玉

横穿在碧湖镇和大港头镇

好山好水好风光

画家的天堂

不管你是走马观花

或是难以割舍

我却身不由己地恋上

这秀美的山水

龙泉漫步

龙泉　龙啸虎吟的地方

钟灵毓秀　人杰地灵

铸剑之神的传世名作

剑出鞘　龙出池渊

豪气直冲云霄

白云翻滚　雨注浪涌

名剑一出　谁与争锋

应剑而名　应剑而波澜

历史记住了　龙泉

秀美的山峰　俊美的河水

星如棋盘的山　星如棋盘的田野

有谁说　老天爷最公平

没来过龙泉　我也信

当我一脚踏上这块土地

仰望星空　我知道了

老天爷的偏心

秀山秀水　孕育了人们的聪慧

自宋以来　闻名遐迩的青瓷

远渡重洋　海上丝绸之路

经千辛历万苦　闪烁着龙泉人

智慧和品性　悠悠五千年灿烂文化

哥窑弟窑　耀眼的双子星

在这土地上　在青瓷的历史长河

刻录着不可磨灭的光辉

薄胎厚釉　泛着绿莹莹的光泽

温润着你我一颗心

滤去三千红尘的骚动

沉下去　静静地思考

学学魏晋文人　回归田园

听风吟　与虫草鸟鱼为伴

迎一轮红阳　看夕阳缓缓落下

跟农民一起大碗喝酒

大声说话

龙泉　因剑而名　因青瓷而兴市

青山秀丽　无与伦比

初遇树神

在丽水　在古堰
初遇树神　感佩敬畏
生命的神圣

走近树神的身边
用虔诚的心　双手轻轻地抚摸
沧桑的脸庞　沟渠纵横的风霜
把耳贴近胸膛　听平缓的心跳
来自天际　邈远苍老的声音
仿佛是偈语　年轻时狂蜂浪蝶
也曾怀揣梦想　放飞青春
与蓝天白云为伍
做一个潇洒自由的行游诗人
吟风弄月　携着爱恋的玉手
浪迹天涯

老天爷一怒　震耳欲聋
电闪雷鸣　刀劈斧砍
九死不足语焉　浴火重生
历经千万磨难　我知道
根　在这一方土地

一方百姓　敬我为神

神——那儿是我

沐浴焚香

敬天敬地敬生命

生命不缺乏精彩

用虔诚书写生命

赋予人生的华彩

南翔放歌

一千五百多年前
天边飞来了一只白鹤
它抖了抖洁白的羽毛
翱翔盘旋在江南　美丽的小镇
带来美好和吉祥

槎溪河水泛着清澈的笑靥
白鹤南翔寺　双塔影影绰绰
错落有致的古漪园
绿竹猗猗　曲溪鹤影
荷叶莲莲　菡萏纤纤
满园飘逸着清幽的芬芳
济生井　双塔　南翔寺
婉约娉婷的小镇
闻名遐迩的江南水乡
琴韵悠悠
上海的四大名镇

走在千年的弹格路上
空气中弥漫着小笼包的香气
嗅闻一下江南氤氲的娇羞

深深呼吸

你会被水一样的美艳捕获

袖珍的江南水乡

美得不可言说

南翔——千年古镇

历经磨难　战火焚毁

列强的掠夺　日本鬼子烧杀抢夺

铁蹄下高昂着不屈不挠的头颅

没有屈服　没有求全

古镇流着血　不流泪

擦干泪　包扎伤痕　继续战斗

七十年前　共产党人

庄严宣告　中国人民站起来了

七十年的春秋　苦难没有吓倒古镇

坚强地生活　坚持就是胜利

四十年的光辉　是砥砺奋进的写实

是不忘初心的使命　艰苦奋战的画卷

槎溪河水　绿莹莹流淌着灿烂

半个月亮爬上来

穿过通济桥半圆的桥洞

倾泻在河面

泛着幽幽的光影

两岸的灯火　刹那间

闪烁着五彩斑斓的妩媚

古镇　焕发青春

徜徉在民主街上

琳琅满目的货物

老眼昏花的我

不知谁家的好与坏

夏日的下午

太阳有点毒

走进茶室　看五彩的行人

啜饮一口香茗

慢慢地悠悠地品味

萦绕着古镇的情愫

惬意地吟诵唐诗宋词

小桥流水的安适

斜塘掠影

没有见过小桥流水
没有领略烟雨蒙蒙
没有迷恋婉约婷婷
没有柔情似水的思念
又怎么知晓　江南

斜塘　姑苏小镇
760 多年的沉淀
就像画中的女孩
婵娟一样的美艳
高高地冷冷地在蓝蓝的天上
双眸漾起柔柔的波澜

端起高脚杯
晃动着红红的烈焰
喝下的不是酒
是满满的情谊

或许一杯酒
我早早醉倒在湖水中

姑苏的月

没有风的伴奏

少了年轻的疯狂

山水相依　我心依旧

依偎在湖水荡荡的斜塘

怀揣着一颗童心

兴高采烈地喝酒聊天

金鸡湖　烟雨梦

宛若凌波女神

一袭长长的白裙

漾着烟雨蒙蒙的羞赧

袅袅娜娜款款而来

我端起酒杯

嗅闻着红红的酒浆

喝下醇厚的蜜语

醉卧在金鸡湖的怀里

梦里的江南女孩

手执一把绢扇

口吐糯糯的吴侬软语

轻捻慢弄地抚着琴

吟诵的诗篇

如评弹

忽而高亢激昂

一如这清澈的湖水

滔滔涌涌

忽而潺潺湲湲

一如这绿莹莹的湖水

微微地漾起波澜

昨夜梦醒时分
邂逅心仪的女孩
如你这般
清清冽冽地流淌
蓝天下的笑靥

坐在湖畔　远方
浩渺的湖面
澄澈见底
蓝蓝的水和蓝蓝的天
融融地相守相望

天涯下思念
一杯复一杯
览湖光水色
曲水流觞
一杯酒一曲词
共话烟雨
梦幻江南

三杯酒

绿树成荫的斜塘

碧波荡漾的湖水

清冽冽地流淌着江南柔美

白墙碧瓦画龙雕凤的园林

仿佛仙境般神奇

风景如画的地方

在阳光柔柔的时光

三五知己　举杯

曲水亭畔一杯复一杯

一曲一觞高低吟哦

乘一叶扁舟

击楫中雅兴盎然

诗句如这金鸡湖水

缓缓地流出

微风徐徐　顺流而下

酒喝得尽兴

诗也写得尽兴

谁都知道　江南美

却不知道斜塘

比画还美百倍

流连在金鸡湖畔

醉卧在清风中

什么也不想

江南的酒

江南的酒　柔绵醇香
一如江南的烟雨
迷蒙　飘逸

举杯共饮　斜塘的湖水
清澈透亮的心境
去除三千烦恼丝
喝醉也无妨

美艳如斯的金鸡湖
就像娇羞妖娆的女孩
蛾眉微蹙得楚楚动人
躺在你怀抱
任凭狂风骤雨　天昏地暗
仿佛末世来临　你我依然故我
求证爱情的方程式

滚滚红尘　三千大道
走进美如画的斜塘
烟雨细霏　清风拂面
一杯接着一杯
清冽甘泉般醇酒

神仙当如斯

美人在侧　盈笑粲粲
婵之云　舞之恋
江南酒　江南女孩
柔柔美美　款款曲曲
酒不醉人人自醉

与微风同醉　与山水同醉
在风情万千的斜塘
与爱情同醉

斜塘韵事

江南水乡　斜塘
多情的湖水
酿造出甘泉般美酒
风土中浸润着甜糯
一棵棵柳树
在金鸡湖畔　随风摇曳
嗲嗲地细说　斜塘的妩媚娇羞

在夏末的夜晚
清风吹醉了行人
我与你一起
睁开迷醉的双眼
漫步在湖边
像醉汉一般
跌入了爱恋的怀抱
不愿醒来

月光里的星星
就像蝴蝶
飞花嬉戏浪迹天涯
追逐青春的梦幻
追梦——

用脚丈量用心描绘

其实　我更愿意
举杯邀风
和我分享快乐
让幸福随风而去
就像风铃吟诵诗篇
采撷红红的菌苔
入酒
在月光下　舞蹈
舞出自我　舞出精彩